共和国的历程

天府神兵

挺进四川与清剿残匪

周丽霞 编写

蓝天出版社　吉林出版集团有限责任公司

图书在版编目（CIP）数据

天府神兵：挺进四川与清剿残匪 / 周丽霞编写.
一北京：蓝天出版社，2014.1（2023.3重印）
（共和国的历程）
ISBN 978-7-5094-1067-7

Ⅰ．①天… Ⅱ．①周… Ⅲ．①革命故事－作品集－中国－当代 Ⅳ.
①I247.8

中国版本图书馆 CIP 数据核字（2013）第 305434 号

天府神兵——挺进四川与清剿残匪

编　　写：周丽霞
策　　划：金永吉　荆忠峰
责任编辑：祖　航　梅广才
出版发行：蓝天出版社　吉林出版集团有限责任公司
地　　址：北京市复兴路 14 号
邮　　编：100843
电　　话：010—66983715
经　　销：全国新华书店
印　　刷：北京柏玉景印刷制品有限公司
开　　本：710mm×1000mm　1/16
字　　数：69 千
印　　张：8
版　　次：2014 年 4 月第 1 版
印　　次：2023 年 3 月第 3 次
定　　价：29.80 元

前　言

中华人民共和国自 1949 年 10 月 1 日成立以来，已走过了六十多年的风雨历程。历史是一面镜子，我们可以从多视角、多侧面对其进行解读。然而有一点是可以肯定的，那就是，半个多世纪以来，在中国共产党的领导下，中国的政治、经济、军事、外交、文化、教育、科技、社会、民生等领域，都发生了深刻的变化，中国人民站起来了，中华民族已屹立于世界民族之林。

这段时间放到整个历史长河中是短暂的，有如弹指一挥间，但它带给中国的却是极不平凡的。六十多年里神州大地经历了沧桑巨变。从开国大典到 60 年国庆盛典，从经济战线上的三大战役到经济总量居世界前列，从对农业、手工业、资本主义工商业的三大改造到社会主义市场经济体制的基本确立，从宜将剩勇追穷寇到建立了强大的国防军，从废除一切不平等条约到独立自主的和平外交政策，从"双百"方针到体制改革后的文化事业欣欣向荣，从扫除文盲到实施科教兴国战略建设新型国家，从翻身解放到实现小康社会，凡此种种，中国人民在每个领域无不留下发展的足迹，写就不朽的诗篇。

六十几年在历史的长河中犹如沧海一粟，但对身处其间的个人却是并非无足轻重的。其间究竟发生了些什么，怎样发生的，过程怎样，结果如何，非人人都清楚知道的。对此，亲身经历者或可鲜活如昨，但对后来者却可能只是一个概念，对某段历史的记忆影像或不存在或是模糊的。基于此，为了让年轻人，特别是青少年永远铭记共和国这段不朽的历史，我们推出了这套《共和国的历程》。

《共和国的历程》虽为故事形式，但与戏说无关，我们是想借助通俗、富于感染力的文字记录这段历史。这套丛书汇集了在共和国历史上具有深刻影响的重大历史事件。在丛书的谋篇布局上，我们尽量选取各个时代具有代表性的或深具普遍意义的若干事件加以叙述，使其能反映共和国发展的全景和脉络。为了使题目的设置不至于因大而空，我们着眼于每一重大历史事件的缘起、过程、结局、时间、地点、人物等，抓住点滴和些许小事，力求通透。

历史是复杂的，事态的发展因素也是多方面的。由于叙述者的视角、文化构成不同，对事件的认知或有不足，但这不会影响我们对整个历史事件的判断和思考，至于它能否清晰地表达出我们编辑这套书的本意，那只能交给读者去评判了。

这套丛书可谓是一部书写红色记忆的读物，它对于了解共和国的历史、中国共产党的英明领导和中国人民的伟大实践都是不可或缺的。同时，这套丛书又是一套普及性读物，既针对重点阅读人群，也适宜在全民中推广。相信它必将在我国开展的全民阅读活动中发挥大的作用，成为装备中小学图书馆、农家书屋、社区书屋、机关及企事业单位职工图书室、连队图书室等的重点选择对象。

编　者

2014 年 1 月

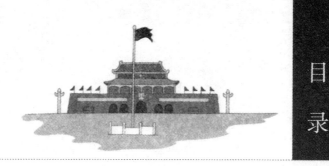

一、 部署歼敌方略

- 四川当时还处在国民党统治之下，被蒋介石作为顽抗到底的一块地盘。

- "8·19命令"体现和完善了毛泽东关于进军西南力求全歼敌人于国境之内的战略思想。

- 经过一系列决策过程，全歼西南之敌的方略已经形成。

中央发出向全国进军命令

1949年春，全国大部分地区已经解放，但四川当时还处在国民党统治之下。

四川自古有"天府之国"的美誉，物产丰富。这里四面环山，山高路险，中间是盆地，具有天然的屏障。蒋介石企图以此为据点，作为顽抗到底的一块地盘。

那时，国民党部署重兵盘踞四川，四面八方驻守着数十万军队，对抗我人民解放军对四川的解放。

当时，在四川的东部驻守着国民党的两个集团：一个是孙震集团；另一个是宋希濂集团。在四川的南部有国民党的第二十二兵团。

另外，在四川的西部有国民党的第九十五军、二十四军等。在四川的北部有国民党军主力胡宗南集团。

中共中央和毛泽东主席根据全国的战局发展形势和盘踞在西南的敌军情况，对解放四川作了一系列重大的战略部署。

1949年5月23日，中央发出《向全国进军的部署》，这是一则由毛泽东亲自为中央军委起草给各野战军的电报。

电报写道：

（一）粟裕、张震二十二日十三时电悉。你们应当迅速准备提早入闽，争取于六七两月内占领福州、泉州、漳州及其他要点，并准备相机夺取厦门。入闽部队只待上海解决，即可出动。

（二）二野亦应准备于两个月后以主力或以全军向西进军，经营川、黔、康。二野目前主要任务是准备协助三野对付可能的美国军事干涉。此项准备是必须的。有此准备即可制止美国的干涉野心，使美国有所畏，而不敢出兵干涉。但在上海、宁波、福州等处被我占领，并最好由三野以一部兵力协助山东攻占青岛（假如上海占领后，青岛敌军尚未撤退）以后，美国出兵干涉的可能性就很少了，那时二野就可以西进了。

（三）四野现有两个军已渡江，尚有六个军已至陇海、长江之间，约于六月上旬可渡江，另有四个军正由新乡、安阳地区出发，约六月中旬可以渡江。四野主力（六个军及两广纵队）于七月上旬或中旬可达湘乡、攸县之线，八月可达永州、郴州之线，九月休息，十月即可尾白崇禧退路向两广前进，十一月或十二月可能占领两广。一野（四个兵团三十五万人）年底以前可能占领兰州、宁夏、青海，年底或年初

部署歼敌方略

准备分兵两路：一路由彭德怀率领位于西北，并于明春开始经营新疆；一路由贺龙率领经营川北，以便与二野协作解决贵州、四川、西康三省。

（四）如果上海、福州、青岛等地迅速顺利解决，美国出兵干涉的可能性业已消失，则二野应争取于年底或年底以前，占领贵阳、重庆及长江上游一带，并打通长江水路。如果二野能于八月一日左右开动或更早一点开动，则上述任务是可能完成的。但此项任务在二野内部暂时不要下达，因为中央对此尚是一种拟议，最后决定要待上海、福州占领之后。

（五）胡宗南全军正向四川撤退，并有向昆明撤退消息。蒋介石、何应钦及桂系正在做建都重庆割据西南的梦，而欲消灭胡军及川康诸敌，非从南面进军断其退路不可。因此，除二野应准备经贵州入川之外，四野在消灭白崇禧占领广西之后，应以一部经百色入云南，请林彪、罗荣桓即令曾泽生军早日出动南下，该军是否已从热河出发，盼林、罗查告。

（六）你们意见如何？盼告。

毛泽东
五月二十三日

"部署"中明确要求我第二野战军在上海、宁波、福州、青岛解放，美帝国主义的干涉减少后，随即全军向西南进军，并要求贺龙率部分兵团配合二野军团向西南进军的计划。

　　为了集中力量，统一领导西南地区的作战、剿匪、政权建设等各方面工作，中共中央决定成立西南局，由邓小平、刘伯承和贺龙分别担任第一、第二、第三书记。

　　根据中央指示和贵州实情，以刘邓为首的二野前委于1949年7月17日命令二野五兵团和三兵团十军，于10月前隐蔽地集结于湖南邵阳地区待命，而后直出贵州，任务是在11月20日前攻占贵阳，切断白胡两部的联系；南经毕节入川，协同三兵团和十八兵团，逐次解决全川问题，同时负责经营贵州。

　　二野五兵团下辖第十六军、第十七军、第十八军和兵团后勤部，司令员杨勇，政委苏振华。

　　杨勇可是二野一员有名的虎将，身经百战，打仗勇猛。

　　五兵团于5月在江西上饶地区休整备战，集中精力为进军贵州做好准备。

　　9月4日，五兵团从上饶地区出发，开始了历史性的向大西南的伟大进军。经南昌、长沙，于10月中旬到达湘潭。

　　为了迷惑敌人，三兵团十军从安徽出发，先乘车北上，经徐州、郑州再回头南下，于9月下旬在湘西桃源

部署歼敌方略

县郑家驿集结待命。

10月23日，二野命令五兵团于11月15日前攻占贵阳，25日前攻占毕节，12月10日前攻占宜宾至纳溪一带。

第五兵团决心首先突破国民党的黔东防线，打开大迂回通道，再向纵深挺进。

刘伯承、邓小平拟定"**8·19**命令"

1949 年 5 月 24 日深夜，中国人民解放军进军宁波市，解放了宁波。27 日，上海市宣告解放。6 月 2 日，解放军进入青岛市区，并宣告解放。

随后，毛泽东抓住有利时机，调整部署。7 月 16 日，毛泽东针对敌人力避决战的新特点，提出了对中南、西南诸敌实行远距离迂回围歼的方针。根据这一方针，他指示二野：

> 刘邓共五十万人，除陈赓现率之四个军外，其主力决于九月取道湘西、鄂西、黔北入川，十一月可到，十二月可占重庆一带。另由贺龙率十万人左右入成都，由刘、邓、贺等同志组成西南局，经营川、滇、黔、康四省。

刘伯承、邓小平深感毛泽东韬略高明，谋虑深远。根据毛泽东和中央军委的指示，于 8 月 19 日拟定了向川黔进军的基本命令：

> 甲、敌情如野战军司令部关于西南敌人的综合通报。

部署歼敌方略

乙、本野战军主力（除四兵团）之任务在于攻略贵阳及川东南，以大迂回之动作，先进击宜宾、泸县、江津地带之敌，并控制上述地带以北地区，以使宋希濂、孙震及重庆等地之敌，完全孤立于川东地区，尔后即聚歼这些敌人，或运用政治方法解决之。以便协同川北我军逐次解决全川问题。

丙、各部队之行动部署：

（一）五兵团并附特纵之炮四团及一个工兵营，应于十月十日以前到达武冈、邵阳、湘潭之线，争取以十天时间补齐棉衣，于十一月二十日前攻占贵阳、黔西，尔后以一个军留置贵阳地区，捕剿散匪，维护交通，兵团主力则应于十二月十日以前经毕节进击宜宾至纳溪地带之敌，协同三兵团作战。

（二）三兵团并附特纵之炮九团及一个工兵营，应于十月十日以前到达常德、江陵之线，争取以十天到半个月时间补齐棉衣，于十一月二十日以前攻占遵义、彭水、黔江，尔后除以一个军控制咸丰、黔江、彭水监视与牵制涪陵至万县等地之敌，待机作战外，兵团主力则应于十二月十日以前进击泸县至江津地带之敌，协同五兵团作战。

（三）完成渡江攻占宜宾至江津地带后，应

顺势攻占富顺至璧山之线，并调整队势，切实侦察掌握各方情况，准备下一步之行动。

（四）以沅陵、思南、遵义、泸县、荣昌为两兵团之分界线，线上属三兵团。

（五）三、五兵团应遵上述方针，根据实际状况，作更具体的部署，并报告本部备查。

（六）特纵除配属各兵团之三个重炮团和一个工兵团外，其余于八月二十三日以前集结花园地区待命。

丁、本部拟于十月底移武汉附近，尔后位置临时确定。此为基本命令，尔后之变化，视情况另以命令行之。

这个命令创造性地把毛泽东和中央军委关于"远距离包围迂回"的歼敌方针加以具体化，对大迂回的战略意图、进军方向、兵力部署、具体要求都做了非常明确的规定。

刘、邓首长要求两兵团协同作战，完成渡江攻占宜宾至江津地带后，顺势攻占富顺至璧山之线。这是战役谋划的大手笔，是一个双层大迂回包围歼敌的计划。第一层大迂回包围由三兵团实施，第二层更大范围的迂回包围由五兵团完成。一旦这个双层大迂回包围的计划实现，川东和重庆之敌南逃云南之路将被彻底截断，我军瓮中捉鳖，四川境内之敌被全歼的命运也就完全注定了。

"8·19命令"很好地体现和补充完善了毛泽东关于进军西南力求全歼敌人于国境之内的战略思想。因此中央军委于8月20日迅速回电，对刘伯承、邓小平拟定的"8·19命令"表示完全同意。

9月12日，毛泽东致电二野和四野领导人再次指示说：

> 二野的两个兵团以主力一直进至重庆以西叙府、泸州地区，然后向东打，占领重庆。
>
> 总之，我对白崇禧及西南各敌均取大迂回动作，插至敌后，先完成包围，然后再回打之方针。

至此，大迂回大包围歼敌部署全部完成。

全歼西南之敌方略

9 月中旬，第二野战军第五兵团和第三兵团第十军从浙赣线出发经赣西和湖南的湘潭、邵阳地区，隐蔽秘密地向湘西黔东集结。同时，四野第十二兵团正在经湘潭、湘乡向南进军，第十三兵团经湘西向南进军，起到了掩护二野主力西进的作用。

10 月 13 日至 19 日，第二野战军第三兵团主力和第四野战军之第四十二军、四十七军、五十军进行鄂西战役，歼敌第十四兵团全部，俘兵团司令钟彬。

10 月 20 日，第二野战军机关由南京出发，南京人民热烈欢送。此时，第三兵团、第五兵团已到湘西集结。

10 月 23 日，刘伯承、邓小平在郑州公开向群众作报告，有意放风，宣布解放军要向四川进军。

在一系列假象活动下，敌人产生了错觉，把防御重点放在川陕、川鄂边，对川湘边则疏于防范。这样，我大军便出其不意地出现在川湘边与湘黔边，并进军贵州。

在蒋介石惊叹贵阳危急、重庆难保之际，11 月 13 日，陈立夫和 70 余名立法委员发电报至台北，催促蒋介石赴渝坐镇，挽救危局。11 月 14 日，蒋介石决心做最后的挣扎，再次飞抵重庆，调胡宗南部增援重庆，做挽救重庆危局的最后努力。

部署歼敌方略

毛泽东从歼灭胡宗南集团迅速扩占全川的战略目标出发，提出了吸引胡宗南部据守重庆加以歼灭的想法，并于 11 月 27 日致电刘伯承、邓小平：

刘邓，并告贺李：

据报蒋介石令胡宗南以汽车八百辆运其第三军到重庆。请注意：

（一）是否能吸引更多的胡宗南部到重庆。

（二）我向重庆方面攻击之各军是否有必要稍为迟缓其行为，以利吸引较多之故军据守重庆而后聚歼之。因为蒋介石自己在重庆，可能打一个聚歼汤恩伯于上海那样的好仗。

毛泽东

十一月二十七日

接到来自最高统帅部的电示，刘伯承和邓小平等紧急商议，慎重考虑，根据战场情况，于当日即回电：

1. 蒋调第三军援重庆，系建筑在罗广文能守住南岸綦江，南川地区，孙震能守住由涪陵到万县江防的前提上，如果我在南岸能基本歼灭了罗广文，而孙震兵力又感单薄的情况下，蒋又可能改变其计划。

2. 我十二军及十一军主力，明 28 日可能占领綦江及其以北之龙岗场。敌第三军22日始由汉中南开，车运亦难赶到，即使赶到，如没有后续亦无大作为，蒋胡之持久战似亦不致加调兵力置于此绝地。

3. 我西路三个军至迟12月10日可达泸州、合江江边，如我迅速渡江并控制泸州、松山之线，即胡宗南退滇之一条公路线即被截断，因此敌一经发现我进到叙永、赤水，即将考虑加强川西与康东之沿线。

4. 我如能在江南歼罗，则重庆较易夺取，早点夺取重庆，使工业不受大破坏，则我可早日依托重庆供给大军经营全川。

5. 重庆地势险要，如较多兵固守攻取费时。

6. 在敌薄弱时，至少在一段早点争取渡过长江、跨江南北机动较为有利。

因此，我们意见仍以尽可能提前渡江，并视情况注意或夺取重庆为较妥当。是否有当请核示。

部署歼敌方略

这封电报深刻反映了刘伯承、邓小平善于独立思考，敢于为革命负责的精神以及考虑周详的非凡才能。他们尊重毛泽东的意见，但又能坚持一切从实际出发，根据当时战场情况，实事求是地提出自己的见解。

28日，毛泽东主席复电同意第二野战军提早夺取重庆的计划：

> 刘邓张李，并告贺李、林谭肖：
>
> 　　感酉电悉。我所顾虑者，是怕重庆敌人利用我西路三个军尚要十二月十号才能占领泸州，我十一、十二等军向重庆进得太早，不敢据守，向上游或向成都逃掉。但如你们认为罗广文被歼后，重庆已无多兵防守，势必早日逃走，不如迅速占领重庆，较为有利，则你们早日夺取重庆的计划是适当的。如重庆之敌并无逃走之意，则十一、十二军于歼灭罗广文后，于重庆上游渡江占领江北一段，然后看情形再定攻城计划，似较适宜。请依情况发展酌定之。
>
> 　　　　　　　　　　　　　　　　毛泽东
>
> 　　　　　　　　　　　　　十一月廿八日廿时

　　经过上述一系列决策过程，全歼西南之敌的方略已经形成。

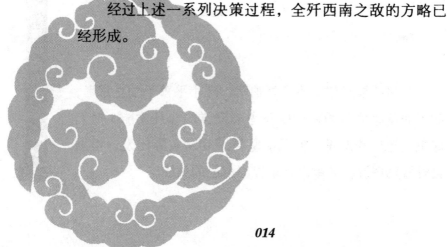

二、 川东势如破竹

● 看到战士们个个精神饱满、斗志高昂，十六军军长对入川的第一仗充满了必胜的信心。

● 宋希濂："我们在军事上是彻底被共军打垮了，剩下的力量已是很有限了！"

● 数万群众会集到杨家街口码头，等候解放军的到来。

顺利打胜第一仗

11 月 1 日，川黔作战开始。

解放军在北起湖北巴东，南至贵州天柱约 500 公里的地段上向敌多路突击，完全打乱了敌人的防御部署。

蒋介石急命胡宗南从秦岭撤退，命十五、二十兵团于川南阻挡我军前进。

11 月 15 日，我二野十六军解放贵阳，随即便接到入川作战的命令。

战士们知道即将入川的消息后，个个都显得非常高兴，恨不得一步跨到四川去，痛痛快快地打几个漂亮仗。

这也难怪，因为我二野十六军的战士在解放贵阳的战斗中，一直就没能真正打一场漂亮的攻坚战，这时一得到入川作战的消息，自然兴奋异常。看到战士们个个精神饱满、斗志高昂，十六军军长对这入川的第一仗充满必胜的信心。

随后，十六军部队离开贵阳，向四川进发。不到 10 天，就经黔西、毕节，进到川黔边界的赤水河地域。

过了赤水河就进入了四川的边界。但是，前面等待我军的却是险峻的云盘山，这是整个行程中最艰难的一段路。

尽管如此，十六军的战士们团结一致，克服了重重困难，终于在这天中午，顺利地到达了云盘山的雪山关关口。

爬上关口，战士们正准备休息，尖兵连前来报告：从当地群众中了解到，前方可能驻有不少敌军。

早就想打仗的战士们，个个不顾疲劳，争先恐后地跑来向军党委请战。

军党委立即研究决定：迅速追捕，不能让敌人从眼皮下跑掉。

接到命令的战士们立刻就来了精神，整装过后，飞速下山。

不多时，担任前卫的四连，在后山铺发现了一个连的敌人，并迅速地将其控制。

经我军战士审问后得知，原来这股敌人是国民党第六编练司令部的后卫，主力2000多人驻在距后山铺20多里的母猪洞地区。

我十六军战士们原准备部队到了后山铺就宿营，现在遇到了新的情况，随即决定：放弃宿营，继续前进，抓住战机，全歼这股逃敌。

一小时后，十六军战士们赶到了母猪洞。

此时，母猪洞内静悄悄的，看不到一个人影。街道上丢弃着毁坏了的家具、炊具，到处是一堆一堆的马粪和稻草屑。在一个临时挖成的地灶旁，猪毛、猪杂碎扔了一地，灶里的灰烬还在冒着青烟。

看来敌人是刚刚才逃走的。

川东势如破竹

为了证实这个猜测，我十六军军长派出几个战士向当地的群众了解情况。

群众告诉我军战士说，敌人刚走不久，大概是向叙永县城方向逃去了。

叙永县位于四川盆地南缘，地处成都至贵阳、重庆至昆明两大轴线交会点，是与贵州、云南交界的南来第一城。

军党委毅然决定，再次放弃宿营，乘敌立足未稳，实行夜间奔袭。

于是，我十六军战士们迅速奔向通往叙永县的大道。

当夜幕降临时，我军战士们来到了狮子山，在大石桥又遇到了一个准备炸桥的敌工兵排。

这下子给十分气愤的战士们火上加了油，随即向敌人一阵扫射，打得敌人死的死伤的伤，连滚带爬地逃跑了。

一阵激战下来，我军从敌工兵排手里夺下了他们打算安放在桥墩上的"TNT"炸药包。

据敌俘虏供认：这股敌人既有第六编练司令部的，也有七十二军的一部分，由一个叫肖以党的中将司令带着，准备经这里入云南逃跑。

昨天晚上，他们知道我军到了赤水河，所以今天就逃往叙永城。他们以为我军还在170里以外，最快也要明天中午才能赶到叙永，因而戒备疏忽。除了派这个工兵排炸桥外，其余全部在城里宿营。

我十六军首长不禁叹了一口气，若是我军晚来一步，这狮子山可是过不去了。

叙永城略呈正方形，永宁河从中穿过，把全城分为东西两部分。东部傍山，西部较开阔，周围有一道不高的城墙环绕。

据敌工兵排的俘虏供称，敌军除在城东部布置了一个营以外，大部都在城西北和北门外，在南门附近只有七十二军的一个连，敌编练司令部设在城中心的一个银行里。

针对这种情况，我十六军领导人决定：

一营提前出发，向城东迂回，隐蔽待命，等正面一打响，冲入城内，攻敌侧背。

二营实施正面强攻，夺取南门后，迅速袭击敌司令部和县政府，首先打乱敌军指挥机构。

三营继二营之后入城，以最快的速度穿城而过，插到城北，断敌退路。第二天凌晨两点发起总攻击。

一营走后，我十六军指挥员带领二营很快到城南门外的大路两侧隐蔽待机。

被黑夜裹得严严实实的城南关，到处都是静悄悄的。我军战士们忍住极度的疲乏，焦急地等待着总攻时刻的到来。

12月1日凌晨2时，总攻的时间终于到了。我十六军指挥员喊了声"出击！"战士们立刻一跃而起，如离弦之箭，扑向南门，攻进城里。

四连首先攻击敌编练司令部。

战士们冲进去后还没开枪，就俘虏了一群敌军官。

那个中将司令肖以党，当时正在睡觉，听见响动后吓得钻到了床底下，战士们揪住他的两只脚往外拉，他吓得屁滚尿流，连声喊："长官饶命，长官饶命，我投降！我投降！"

我五、六两个连接到命令赶去消灭城南七十二军那个连。机智勇敢的战士们神不知鬼不觉地摸掉哨兵，一下冲进了敌人睡觉的房子，大喊一声："不准动！"房里的100多名敌军全都乖乖地做了俘虏。

最可笑的是敌军连长，当战士们冲进他的房子，命令他缴枪时，他还好像在梦中似的说："这是谁在胡闹呀？打扰我的美梦了！"等到我军战士雪亮的刺刀逼到他的胸口时，他才睁大了眼睛。

与此同时，我军一、三营的战士们，也都进了城。

一营从东门压过来，打得敌人鬼哭狼嚎；三营不顾街道上的流弹横飞，直插北门，很快就占据了有利地形，筑起了阻击敌人的工事。

这一下，城里的敌人乱了阵，东奔西突，四处逃窜。但跑到哪里，哪里就留下一具具尸体。

不到两小时，2300多名敌军有的投降了，有的被消灭了，就这样整个叙永城全部解放了。

东方露出鱼肚白。

借着微亮的晨光，可以看到战士们一路征尘后胜利的微笑。

川东势如破竹

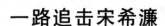

一路追击宋希濂

就在我军向川东重庆方向挺进的时候，驻守在川东的国民党陆军中将宋希濂率领他的残部沿乌江向武隆、涪陵方向逃跑。他将自己的部下分为三个纵队，由顾葆裕和丁树中以及他本人各率一部。

11月26日上午，宋希濂亲自带领由司令部部队及军政干部学校学生组成的共约4000人的一个纵队，准备经綦江等地到高店场与其他两路敌军会合。

宋希濂率残部到达高店场附近后，本想过江从宜宾再向西去。但当时驻守在宜宾的七十二军军长郭汝瑰派参谋来通知宋希濂，说奉成都顾总长电话命令，允许宋希濂带少数人进入宜宾，却不许宋希濂的残部一同进城。

这样，宋希濂没能去成宜宾，只好带着他的部下绕开这座城市继续往南走。然而几天后，从宜宾传来了郭汝瑰投诚的消息。

经过宜宾进入川南，就到了非常落后的地区。宋希濂的部队沿途遭遇了许多奇怪的事情，譬如在离宜宾不远的牛喜场里，遇到了近2000人自称为红帮的大刀队，群集在路上不让宋希濂的人马通过。经过激战，双方伤亡人数都接近数百人。

这天，宋希濂残部来到一座古庙里歇息。宋希濂声泪俱下地对他的 100 多名将校说：

> 我们在军事上是彻底被共军打垮了，剩下
> 的力量已是很有限了！目前的处境，坦率地对
> 大家说，是十分艰苦，甚至是十分危险的。但
> 是我们不愿做共军的俘虏，不愿在共产党统治
> 下过残酷可怕的生活，我们是三民主义的忠实
> 信徒，是忠党爱国的军人，有一分钟的生命，
> 便应尽一分钟的责任，现在，我们计划越过大
> 雪山，走到很遥远的地方去，找个根据地，等
> 待时机。今后的日子是越过越艰苦的，走的是
> 崎岖路，吃的有时可能很粗糙，甚至不够吃，
> 如果情况紧张的话，可能一天要走一百多里，
> 你们自信有勇气有决心愿意随我一齐去干的，
> 便同生共死，不愿意干下去的，就由此分手，
> 当酌发遣散费。

在过去，宋希濂也经常召集部属训话，他都是神采
飞扬，很是威风的。特别是他在抗日战争中打过几次硬
仗，讲起战局、战略、战术等，颇有运筹帷幄、决胜千
里的气势，哪像今天这样唠唠叨叨地诉苦呢？

当宋希濂说完后，便立即要求在场的每一个人都慎
重考虑一下。结果，司令部及军政干部学校共有 30 多人
领了遣散费就走了。

川东势如破竹

宋希濂决定把队伍分作几路走，以免太长，会耽误行军，并发给各单位一些金子，有 100 两的，也有 50 两的。

接着，宋希濂带着留下的人员打算赶快走出川南，进入西康、云南地带。

12 月 14 日下午，宋希濂的部队逃抵离四川犍为县城约 10 公里的清溪镇。

这是一座人口稠密、商业繁荣的大市镇，有镇公所、商会，还驻有保安团一个营。连日在山间小路上奔走，宋希濂想在这里休息一晚，以便对紧缺的军需用品做些补充。但他们刚做好晚饭，便得到了解放军进攻的消息。

宋希濂只好丢下饭碗向南逃走，他们一口气跑出镇子几十里，最后在一个山坡上停了下来。但那些跟随在宋希濂部队后面没有逃脱的残部，向我军透露了宋希濂的行动路线。

第二天早上，天刚刚亮，宋希濂部队逃到了距犍为县城东南 30 多公里的铁炉场。他们刚想在这里找些吃的，却再次遭到了我军的围攻。

我军战士对宋希濂残部经过三天三夜的连续追击，敌人的人员是越来越少，等他们好不容易逃到了川康边境的峨边县沙坪渡口时，他们的部队仅仅还剩下 1000 多人了。

这条长达 909 公里的沙坪渡口长河，可以说是无处不险。面对江声如涛，两面被峭壁环峙的沙坪渡，宋希濂心头真是有难言的恐惧，这险恶的地势真是兵家的绝境，大有陷进去就难以出去的感觉。

宋希濂计划若能渡过大渡河就可进入峨眉，便可沿乐山、西昌公路西逃。他的亲信，原川湘鄂边区绥靖公署补给司令罗文山，已带了 1000 多人，分乘几十辆美式大卡车从成都逃出来了，已抵达北边峨眉县的龙池，并在 18 日通过电台和宋希濂联系上了，准备把他们接过北岸，再乘上汽车西逃。

这些天，一路步行，宋希濂残部的双脚都在冰雪泥水里走烂了。他们希望能平安地过到对岸，再走十几里地就可乘上汽车，便会绝处逢生。

可宋希濂哪里知道，当他们下到沙坪渡口的河谷里时，也就落入了天罗地网中。

就在宋希濂残部到达沙坪渡口的当天，我第十六军四十七师一三九团在第四十八师协同下已连夜渡过水流湍急的青衣江。在 12 月 7 日攻占了峨眉，第四十八师、四十六师都已进抵夹江，并很快将前去营救宋希濂残部的罗文山部队包围。

12 月 19 日上午，宋希濂率残部渡河，河边只有两只渡船，一条船每次只可渡过 70 多人，就在他们好不容易将这一部分人送到河对岸时，河岸边的山上突然枪声大作，机关枪的火力对着宋部待渡的队伍扫射。而那些已经过了河的残兵，已开始向西逃走，还没有走出多远，就被解放军在前面给堵住了。

川东势如破竹

刚渡河的宋希濂带着警卫排准备向东逃走，但刚走了不到半公里路，也被解放军堵住了。

走投无路的宋希濂不愿意就此当俘虏，于是打算以自杀的方式来了结自己。正当他在举枪自尽时，却被自己的警卫拦下了。还没等他进行第二次寻死，他们这一伙残兵就被我军第一三九团五连的战士给抓住了。

此时的宋希濂穿着和士兵一样的服饰，希望蒙混过关。当解放军干部询问他的姓名身份时，宋希濂回答说自己是司令部的一个军需，名叫"周伯瑞"。

就在宋希濂自以为可以蒙混过关的时候，还是被认识他的人识破了身份，他终于承认说："我就是宋希濂。"

里应外合解放万县

就在我军解放重庆后不久，位于川东的万县在"万县地下工作团"配合下，为我军解放万县发挥了里应外合的有效作用。

1949年11月，宜昌民生公司报务员吴太鸿和当地诗人罗汀尼以及刘以章、朱克雄等人在万县组成了"万县地下工作团"。

这个工作团为万县解放做的第一件事就是常常集中在一起秘密地收听新华社广播，并把核心内容抄下来书写成传单，暗中在城内张贴。

接着，他们又草拟了《告国民党官兵书》，《告万县同胞书》，《告学校师生书》，告银行、米店、电厂书等传单散发，并多次向专员李鸿焘、县长马足骥、县参议长陈希柏投寄匿名信，敦促他们弃暗投明并和平起义。

这类传单和信件，起初是由工作团的人亲自手工书写，但后来因所写的份数太多，怕时间长了被国民党发现，他们便去借了一部油印机。晚上由专人刻板，白天由大家共同油印、装信封、贴邮票等，再分散带到不同的邮筒去邮寄。

12月初，工作团通过已经解放的宜昌民生公司的电台与解放军西进指挥部取得了联系，反映了万县的情况，

并得到了为和平解放努力工作的指示。

随后，县参议长陈希柏接受了工作团的劝告，决定和平起义，他把向解放军联系起义的电报稿拟定后，交给工作团，通过电台转给解放军西进指挥部。

陈希柏的电文是：

孙震兵团已撤，由朱鼎卿部接防，万县已成真空，秩序由自卫队维持，参议会已决定欢迎来部，即派军进驻。

接到电文的西进指挥部，在当天就给陈希柏做了以下回复：

万县参议会：来电收阅，你们之意可嘉，希即妥为保护一切公私财产、文化机关及各种档案等，严防特务、散兵流氓之骚扰破坏。希望参照本军约法八章之精神，向本军办理和平移交，本军定本"有功者奖，有罪者罚"的原则，奖励维持治安及和平移交中之有功者。

联络问题，可派人去云阳或江南本军部队接洽。

由于条件有限，这封回电依然是由工作团收到后转交给陈希柏的。

与此同时，"同心"军舰起义后，该舰由忠县驶抵万县，派人找到"万县地下工作团"的同志，要求帮助他们通过电讯与解放军取得联系。

该舰起义负责人在工作团的协助下，通过舰上电台调好频率，呼叫宜昌民生公司电台。

呼通后，起义负责人与宜昌解放军取得了联系，并得到宜昌解放军四野四十二军的急电，立即安排"同心"舰停泊云阳，之后，便装载了该部队一部分来到了万县。

12月6日一大早，工作团人员罗汀尼作为万县人民的使者之一，与杨春泽等一道化装成检查自卫队防务的官员，前往位于长江以南的长滩、龙驹与解放军先头部队联系。

因为罗汀尼长期患病在身，工作团人员建议另换一个人去。

罗汀尼却说："我爬也要爬过去！"

终于，他为万县人民带回了《中国人民政治协商会议共同纲领》和《中国人民解放军布告》，并于第二天一大早就张贴在了万县世光医院的墙上。

《中国人民政治协商会议共同纲领》和《中国人民解放军布告》成为当地人民最先见到的"红色"文告。

就在"红色"文告贴出的第二天清晨，数万群众会集到杨家街口码头，等候解放军的到来。

9时50分，人民解放军江汉军区独立一师官兵乘"岷江"号登陆艇抵达万县。

川东势如破竹

　　"万县地下工作团"人员立即登上艇去欢迎解放军。

　　将近中午时，人民解放军第四野战军一二四师一部也乘"同心"、"民政"、"民彝"等轮由云阳抵达，入城与独立一师会合。万县和平解放。

三、 川南步步为营

● 中国人民解放军第二野战军第十、十六军，以及第十八军的五十二师，由黔北分三路进军川南泸州。

● 解放军自摩尼进入古蔺县城，受到各界人士的热烈欢迎，古蔺宣告解放。

● 我第二野战军第五兵团的第十六军、十八军和第三兵团第十军，光荣地完成了解放宜宾的历史任务。

兵分三路进军泸州

1949 年春，国民党蒋介石委任西南长官公署少将高参罗国熙出任第七行政区督察专员兼保安司令、军统泸县组组长。

四川省政府将第七区划为川南战区第三分战区，以罗国熙兼司令，同时组建第三六四师派驻合江。

罗国熙控制第七区军政警特大权后，为阻止中国人民解放军入川，他加紧备战，积极进行反共宣传，在专署、县各种机构建立特务组织谍报组，同时出动军警特在古蔺、合江、泸州逮捕共产党员和进步人士。

7 月 25 日，罗国熙召开专署行政会议，命令各县充实地方武装，建立游击根据地，企图顽抗到底。他梦想失败后"上山打游击"，便亲自选定泸、合交界的大理村、鼓楼山为全区中心游击根据地，并成立"泸县、合江、叙永、古蔺、赤水五县联防办事处"。

11 月 21 日，因解放军挺进贵州和川东南，罗国熙与郭汝瑰在泸州召开紧急会议，决定以鼓楼山和大理村为第一根据地，古蔺、古宋山区为第二根据地，叙永、纳溪一线由新三十四师防守，泸城各要地分别由七十二军直属队及保警总队、警察中队、模范二中队分区防守。

为了迎接解放，牵制和打击国民党残余势力，策应和配合解放军，泸州地区中共地下党组织在古蔺的彰德、复陶和叙永三门桥及合江等地成立了川南武工队，拥有3300多人，2500多支枪。川黔边区游击队亦已发展到千余人，控制了部分乡保政权和自卫队武装。同时，组织地下宣传员，利用散发传单、走亲访友等方式开展秘密宣传，团结争取各界人士，策反国民党军警武装，组织领导群众开展护厂、护城的斗争，保全了泸州城、23兵工厂、洞窝电厂和七十九军后方仓库等地。

11月底，第二野战军第十、十六军，以及十八军的五十二师，由黔北分三路进军川南泸州。

西路： 解放军十六军四十七师一四〇团二营于11月29日先后占领古蔺县赤水河镇、摩尼镇，歼敌一个营及部分民团自卫队，30日在叙永后山堡围俘国民党两个新兵连。

12月1日凌晨2时，一四〇团向驻叙永城的国民党第六编练司令部发起进攻，战至拂晓全歼该部2500余人，俘中将副司令肖以宽，叙永宣告解放。

2日，十六军四十八师副师长张培荣率一四二团、一四四团解放打鼓场，3日6时全歼国民党内二警一个连，12时胜利进入纳溪县城。罗国熙部被解放军十六军四十七师一三九团击溃，罗于20日回到泸县向军管会投诚。

东路： 解放军十军于11月底进抵赤水、习水，合江县县长乐钟镇带领民众自卫队避走福宝。30日，国民党三六四师和六九九团分别从合江县城和九支逃走。十军

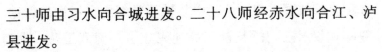

三十师由习水向合城进发。二十八师经赤水向合江、泸县进发。

12月2日傍晚，我军三十师八十九团抵达合江城东南的马街，看见由江津逃来的国民党四十四军渡河入城，因判断失误而未予攻击，到晚上才开炮向合城警告，敌四十四军只好连夜逃走。3日上午，我军三十师师长马金忠、政委鲁大东率部入城，合江宣告解放。

3日，我三十师从合江出发，相继在泸县五通场、桐子林、太和场等地追歼敌四十四军军部及所属三十六师，后继续西进。我十军二十八师八十四团在泸县丰乐镇永安桥歼灭国民党新军一个团，接着向蓝田坝进发。该师主力经泸县分水场至泰安场，渡江进驻罗汉场和23兵工厂。

下午4时，该师抵达小市，沱江浮桥被拆，不能过江。晚上8时左右，起义的警察中队驾船渡江，地下党泸县临时工委书记王新民等组织各界人士在管驿嘴迎接解放军入城，泸城宣告解放。

中路：11月底，解放军十六军四十六师抵达赤水河东岸，与西路该军主力形成夹击古蔺之势。地下党组织带领群众赶搭浮桥、筹集粮草，帮助四十六师渡赤水河北上。

12月5日下午，由解放军十八军派任的县委副书记、县长等一行9人由杨云程中队一个排护送，自摩尼进入古蔺县城，受到各界人士热烈欢迎，古蔺宣告解放。

解放军进军泸州期间，12月2日，国民党七十二军新编三十四师在西撤宜宾途中，与新军一部会合，被解放军四十七师追击。4日，新编三十四师师长柏恒率师部及一〇〇团、一〇二团4000余人，进入纳溪县文昌岩山区据守。5日，解放军十六军一四三团和十八军某连，相互配合发起三路攻击。激战到6日下午，全歼该部。

至此，泸州地区全部解放。

郭汝瑰率部宜宾起义

就在泸州解放的几天后，我军第二野战军第五兵团的十六军、十八军和第三兵团第十军，光荣地完成了解放宜宾的历史任务。

宜宾市位于四川南部，处于川、滇、黔三省结合部，金沙江、岷江、长江汇流地带，是一座典型的山水园林城市，有"万里长江第一城"之称。

1949年11月，我军第二野战军主力的十八兵团在一野、四野军团各一部的配合下，从湘西开始向西南进击。十军、十六军经贵州直插川南，相继解放了泸州、江安、南溪等地后继续北上，兵分多路向宜宾挺进。

12月3日，解放军来到泸州江门一带。国民党七十二军军长郭汝瑰下令所有驻守在那里的部队马上向宜宾撤退。10日，我军兵临宜宾城下，占据了赵场、南岸、南广、李庄一线江边，控制了柏溪至安边段的渡口和船只，随后占领宜宾翠屏山的制高点。11日，退守宜宾的国民党七十二军军长郭汝瑰率部万余人通电宣布起义。

郭汝瑰是个颇具传奇色彩的人物。他早年曾经是地地道道的共产党员，后因为种种原因与组织失去了联系。在国民党内，郭汝瑰有"身穿黄马褂（黄埔军校）、头戴绿头巾（陆军大学）"、"土木系"（国民党军十一师和十八军）半个成员、陈诚的"十三太保之一"等诸多的护身符，是蒋介石身边的红人，两度出任国民党国防部作战厅厅长、陆军总司令部参谋长，授陆军中将衔。

在大革命时期，郭汝瑰在其行伍出身的堂兄郭汝栋的帮助下，进入黄埔军校第五期入伍生训练部学习，后转入政治部，学得一些基本的军事常识。

在当时，正值第一次国共合作时期，军校有著名共产党员萧楚女、恽代英、熊雄等人授课。在他们的革命思想熏陶和影响下，年轻的郭汝瑰读了李达编著的《马克思》、《独秀文存》，还有共产党人办的《向导》等进步书刊，逐渐懂得了一些革命道理。

蒋介石发动"四一二"反革命政变后的第二天，时任国民党中央委员、武汉国民政府委员、军校校务委员会委员的著名四川籍共产党员吴玉章，根据中央抓军队的指示精神，召集郭汝瑰等四川籍学员谈话。按照吴玉章的安排，郭汝瑰等人提前毕业，回到四川涪陵做郭汝栋的工作。此后，郭汝瑰就留在了郭汝栋部队政治部做宣传工作。他走街串巷，出入学校团社，写文章，作讲演，宣传革命道理，一时间成了涪陵城内无人不知的激进人物。后来，郭汝瑰通过中共地下党的介绍加入了中国共产党。

1949 年 12 月 10 日，郭汝瑰召集全军团以上军官会议，公布了《起义告官兵书》，向全国发出了起义通电，并通知所管辖的区域同时起义。

川南步步为营

第二天，郭汝瑰率所部1300余人在宜宾起义，将解放军十八军军长张国华、政委谭冠三率领的大军迎入宜宾城，使宜宾这座历史文化名城完好地回到了人民手中。

郭汝瑰的此举，打开了成都的最后一个屏障，截断了胡宗南集团由四川逃往云南、缅甸的通路，从战略上粉碎了蒋介石"扼守长江，确保叙泸，巩固川南，川西决战"的迷梦。加之随后邓锡侯、刘文辉相继起义，为整个西南的解放铺平了道路。

中央军委后来对郭汝瑰作了很高的评价，赞颂他的一生是"惊险曲折、丰富深刻的一生"，"为抗日战争的胜利和人民的解放事业作出了重大贡献"。

16日，解放军十八军五十四师全面接管宜宾旧政权。20日，中国人民解放军宜宾军事管制委员会成立，宜宾历史从此掀开了崭新的一页。

四、 川西策动起义

● 刘文辉、邓锡侯和潘文华三将军，于四川省彭县地区发动起义，打响了解放川西的第一枪。

● 以彭斌为首的国民政府内政部第二警察总队共 6000 多人在灌县宣布起义。

● 李振与鲁崇义，一起高举义旗，率 2.4 万余人在成都起义，使成都和平地回到了人民的怀抱。

刘文辉、邓锡侯、潘文华彭县起义

1949 年 11 月，中国人民解放军针对蒋介石布下的在川、滇、鄂、黔的"天罗地网"开始迅猛冲击，以风卷残云、洪水涤荡之势很快突破了"川、鄂、湘"的千里防线，打破了蒋介石苦心经营的川东门户。

四川全部解放指日可待，但残敌仍在，力量还较强大。这时中共中央副主席、军委副主席周恩来通过中共驻雅安电台王少春同志电告西康省主席刘文辉：

> 大军行将西指，希望积极准备，相机配合，不宜过早行动，招致不必要的损失。

刘文辉，四川大邑人，1916 年毕业于保定陆军军官学校。在民国初期军阀混战中，他逐步壮大势力，和堂侄刘湘一起成为四川最有实力的两个军阀，早在抗日战争中刘文辉就是共产党争取的对象，蒋介石也曾经绞尽脑汁地想要吞并他。

共产党针对敌营中复杂的成分和矛盾斗争及时派出专员做刘文辉的工作。经过多年的感召、争取，刘文辉终于把自己的利益逐渐同人民的利益放到一起，把自己的前途也逐渐托付在人民的阵营中，因此在解放四川的大炮轰响时，他及时遵照周恩来的电示开始起义的准备工作。

刘文辉首先把西康的工作安排好后，再带着相关人员到成都来联络反蒋的实力派邓锡侯、潘文华商讨起义事宜。

当时蒋介石在重庆遥控着成都，他在成都的心腹有张群、王陵基、王缵绪、盛文等，再加上大特务头子徐远举及遍布的中统特工，刘文辉等人的秘密策划工作相当危险。但刘、邓、潘三将军与蒋介石钩心斗角了20多年，因此也就自备了一套对付的办法。

刘、邓、潘三人首先采取稳扎稳打的办法，慎重推进，形成以"刘、邓、潘"为起义的核心小组，经常约集熊克武、邓汉祥、杨家桢等秘密策划商讨起义事宜，随时掌握敌我情况，关注事态的发展变化，及时将民主力量和地方实力派抓到手。

为蒙蔽特务们的追查，刘、邓、潘三人巧布迷阵。对国民党的"达官贵人"一如既往，照常迎来送往，使他们不至于怀疑。

然而，蒋介石还是察觉了他们的秘密行动。12月7日，蒋派人通知刘、邓、潘三人在当天下午4时赶往成都北校场开会，以便将他们秘密残害。

刘文辉和邓锡侯当即识破了蒋介石的阴谋，他们经过商量后决定，立即北上彭县发动起义。

彭县是邓锡侯部下九十五军的防区，而且战略位置

川西策动起义

好，退可到龙门山区，进可直下成都。

刘文辉和邓锡侯二将军通知早两日先离成都去灌县的潘文华，然后分头出北门在城隍庙后会合，并迅速向彭县方向赶去。不过，两人都深知蒋介石不会轻易放过他们。于是，刘文辉即刻电告西康军政负责人按既定计划行动，令驻成都武侯祠的二十四军所部准备战斗。

邓锡侯和所部九十五军军长黄隐命令一二六团驻广汉部队开至彭县，驻新都的六三七团移至彭县蒙阳镇担任警戒，命令驻灌县的二二五师进入战斗准备，驻崇义桥的邓部驻军立即进入战斗准备，在通往成都的要道口上进行警戒，保证刘文辉和邓锡侯的晚宿安全。

第二天中午，刘文辉和邓锡侯来到新都龙桥镇。在这里，他们见到了被蒋介石派来做说客的国民党军第二十九集团军总司令王缵绪，刘文辉和邓锡侯二将军很快拒绝了王的"好意"。

随后，为躲避蒋介石的近距离轰炸，也为尽快实现起义，刘文辉和邓锡侯两人连夜前往彭县，前去完成即将进行的伟大起义。

那么，为什么刘、邓、潘三将军会选择彭县作为起义的据点呢？这里也是有许多原因的。

一般的说法是，彭县自古就是蜀王立国的地方，处在川西坝的西北部龙门山脉的前沿，进可攻入成都，退可于龙门山据守，战略位置相当重要。

还有另一个原因是，牵头进入彭县的能海法师曾是国民党的将领，他脱离了国民军后出家做了新繁龙兴寺的和尚，与刘文辉和邓锡侯在政治上深有同感。当时川西有名的彭县龙兴寺庙宽房广，既适宜驻扎大队人马，又便于接待客人，自然就成为起义的最佳地点。

刘、邓、潘三将军及其部属会聚到龙兴寺后，陆续从各方前来商量起义事项的人员，主要有我军第二野战军派遣人员周超、地下党员胡春浦、民盟的潘大逵等，刘、邓、潘的主要部属有赵星州、牛范九、杨晒轩、黄隐、严啸虎等。

龙兴寺一时成了川西起义的大本营。为了统一做好起义的工作，三将军经过与二野代表，地下党员和民主人士商量后成立了一个综合小组。小组由解放军代表，共产党和民主党代表，进步人士及起义将领、军官组成，大家公推民盟的潘大逵负责。下设组织组、参谋组、宣传组、情报组、保卫组、策反组等部。所有军事部署和策反工作均由各组组长共同办理。

行动小组成立后，领头的刘文辉带病工作，于12月9日完成了发往北京的起义通电文稿。

文稿内容如下：

北京　毛主席、朱总司令并转各野战军司令暨全国人民公鉴：

蒋贼介石盗窃国柄廿载于兹，罪恶昭彰，国人共见。自抗战胜利而还，措施益形乖谬，如破坏政协决议个案，发动空前国内战争，紊乱金融财政促成国民经济破产，嗾使贪污金壬横行，贻笑邻邦，降低国际地位，种种罪行，变本加厉，徒见国计民生枯萎，国家元气断绝。而蒋贼怙恶不悛，唯利是图。在士无斗志，人尽离心的今天，尚欲以一隅抗天下，把川、康两省八年抗战所残留的生命财产，作孤注之一掷。我两省民众，岂能忍与终古。文辉、锡侯、文华等于过去数年间，虽未能及时团结军民，配合人民解放战争，然亡羊补牢，古有明训，昨非今是，贤者所谅。兹为适应人民要求，决自即日起率领所属宣布与蒋、李、阎、白反动集团断绝关系，竭诚服从中央人民政府毛主席、朱总司令与中国人民解放军第二野战军刘司令员、邓政治委员之领导，所望川、康全体军政人员，一律尽忠职守，保护社会秩序与公私财产，听候人民解放军与人民政府之接收，并努力配合人民解放军消灭国民党反动派之残余，以期川、康全境早获解放。坦白陈词，敬维垂察。

刘文辉、邓锡侯、潘文华叩

一九四九年十二月九日

起义通电发出后，刘文辉身患疾病，为了从真正意义上获得新生，他以顽强的毅力戒掉了鸦片烟瘾。潘文华也在病中，场面上的事全托给邓锡侯，只有重大问题大家再碰头。

邓锡侯是刘文辉的亲侄子，他的军政生涯虽与刘文辉不同，但受到蒋介石的排挤打击都是一个样，因而反蒋投共的决心也大致是一样的。

彭县起义是大陆上的最后一次大起义，震惊了蒋介石集团，国民党连最后一场美梦也破灭了，因为成都是他在大陆的最后立足点了。

彭县起义，是我军在围歼国民党胡宗南集团以及四川境内其他残敌的紧要关头的率先义举，提前打乱了蒋介石预谋与我军作最后"川西决战"的部署，动摇了国民党反动当局妄图建立所谓"陆上基地"的根基，帮助了我军阻截并关闭了胡宗南残部逃窜康、滇的大门，加快了解放大西南的进程，减少了人员的伤亡和城市的破坏，促使几十万蒋军临阵起义，投入到人民阵营，这对整个西南战役的速胜起到了积极的配合作用。

恼羞成怒的蒋介石岂容背负他的人，他临走时命令胡宗南派兵先解决刘、邓、潘三将军及其部属，然后决战成都或退往康、滇。

胡宗南唯蒋令是从，立即抄了刘文辉的家，用武力解决了刘文辉所部驻武侯祠的部队，在西昌攻打刘文辉所部驻军。同时派罗广文、陈克非等攻打彭县起义据点。

川西策动起义

彭县一时处在胡宗南、孙元良、杨森约 20 万人的包围之中。在这大军压境的危急关头，邓锡侯的九十五军分布在彭县南面、西面，以柏条河为屏障加强防阻，东面北至浦江，南至蒙阳镇布防，并把撤退的后路也考虑好了，积极在彭县关口海窝子一带构筑坚固工事。

在政治上，邓锡侯派中共党员、民主人士前往集结在温江、郫县、崇宁、新都、广汉、什邡等地的国民党军中，大做起义策反的工作。如中共党员、统战小组的吕振修冒着危险到郫县陈克非部策反获得成功，加上什邡董长安的起义，才解了崇、彭、灌之围。紧接着又争取了驻温江的罗广文兵团倒戈在郫县起义。

12 月 24 日，朱德总司令复电刘文辉、邓锡侯、潘文华诸将军，对其起义行动表示佩慰和嘉勉。新华社于 29 日向全国广播了他们的起义通电。

彭斌率第二警察总队灌县起义

紧跟彭县起义后，位于四川西部的灌县石羊场也传来了以彭斌为首的国民政府内政部第二警察总队共 6000 多人的灌县起义的消息。

彭斌，四川荣昌人，毕业于四川陆军讲武堂。曾任第二十一军军官学校战术教官，1931 年任长江上游剿匪总部参议，1932 年任第二十一军警卫大队副大队长，1936 年任第二十一军一六二师四八六旅九七一团团长，1938 年任新编第十八师一旅少将旅长，1943 年冬任新编独立第一旅旅长，1945 年 10 月任重庆警备司令部新编二十五师副师长，1947 年任内政部第二警察总队总队长。

国民政府内政部第二警察总队，又称"内二警"，是在蒋介石发动内战节节失败的形势下，为保住西南半壁河山，营造重庆反革命营地，以原刘湘的新二十五师和新十八师为基础，于 1947 年组建的一支特务警察部队。

这支警察部队刚组建时只有两个支队，每个支队下编 4 个大队，总队部驻扎重庆。其任务是守护国民党政府在重庆市的兵工厂、武器仓库和飞机场等重要军事设施。1949 年 3 月，蒋介石命令内二警再扩编 3 个支队，为此，内二警的兵力增加到了两万人之多。

1949 年 8 月 28 日，蒋介石随其政府部分机关到达重

川西策动起义

庆后，加紧部署所谓西南防务，妄图割据西南，负隅顽抗。此时，内二警担负蒋介石的外线警卫，其部队分驻在重庆南温泉至土桥、南温泉至黄桷垭、黄山至大兴场等地区；宪兵第二十四团担任蒋介石的内线警卫。11月26日，蒋介石获悉人民解放军正向重庆开进，又急调胡宗南第一军第一师至重庆为其保驾。

蒋介石的这一系列做法在内二警官兵中引起了强烈的不满。他们认为蒋介石如此使用内二警，是想借助解放军之手铲除杂牌的内二警部队。

28日，内二警在重庆南岸设防的一线部队遭到人民解放军的猛烈进攻，一触即溃，在向市区撤逃途中，又遭到国民党军西南军政长官公署直属罗君彤第三六一师机关枪的射击。此时，部队思想极其混乱。

彭斌在重庆时，中共荣昌中心县委一直与其保持联系，做争取工作，并利用其亲戚、同乡等关系，派地下党员到其部队任职，进行策反工作。这对彭斌的思想转变有了一定的影响，为其决定脱离国民党集团，反对蒋介石起了推动作用。

在内二警遭到攻击、特别是受到罗君彤机枪射击后，彭斌、张佐斌等人在形势十分严峻的处境下，感到再不能跟着蒋介石干了，只有择机起义才是唯一的出路。

这时，彭斌作了一个大胆的计划，他决定扣留蒋介石，举行兵变。他首先将自己的部队撤到了市区牛角坨、曾家岩、上清寺等要点，再向山洞林园开进，准备借机活捉蒋介石，率部起义。

不过事情并不顺利，当他带领部下于 30 日中午进入林园山洞时，才发现蒋介石已经在当天的凌晨飞逃到成都去了。重庆解放后，彭斌带着内二警奉命撤退到崇庆、大邑一带，受四川省主席王陵基的指挥。

12 月中旬，西南局势发生了很大变化，川康刘、邓、潘的彭县起义，王缵绪的成都起义，使川西地区的许多地方都获得了解放。此时，负责指挥内二警的王陵基也跑到了大邑，并要内二警继续与我解放军对抗到底。

不久，人民解放军进攻大邑，王陵基慌忙乘车逃跑，彭斌带着内二警的 6000 多名余部逃往至灌县的石羊场。

此时的彭斌深知自己部队的艰难处境，想到了只有率部起义，投向我人民解放军才是上上之策。于是便与其部下麦征甫、张佐斌等人商议后，派出总队部总务处长杨震华、参谋长卢涤生到彭县与起义指挥部联系。

杨、卢到彭县会见了彭斌的同学黄慕颜，随后又会见了人民解放军第二野战军敌工人员朱德钦。朱德钦要杨、卢速告彭斌做好部队的工作，立即宣布起义。

彭斌获悉后，于 12 月 23 日起草起义通电，向毛泽东主席、朱德总司令表示：全总队官兵于 24 日在灌县南区起义，脱离国民党反动集团。

川西策动起义

杨叔明三劝罗广文郫县起义

就在彭斌的灌县起义第二天，国民军第十五兵团的首领罗广文在川西安德铺举行了郫县起义。

罗广文曾是一个忠于职守的军人，抗战胜利后蒋介石发动内战，他奉命赴鄂西北作战，继而去河南参加围剿李先念部队的战斗，随后又去山西阻击共产党太岳军区陈赓部，还率部赴山东增援国民党部队，因而受到蒋介石的青睐，升任为国民党第四兵团司令，蒋亲自授给他"军人魂"的佩剑。

1949年7月，人民解放军挥师南下，势如破竹，蒋军兵败如山倒。这时罗广文已经升任十五兵团司令，号称拥有17万大军，驻守在川东南一带。

那时蒋管区物价飞涨，国民党官僚和投机商趁火打劫，中饱私囊，而士兵们却吃不饱饭，罗广文非常愤慨。正巧重庆西南长官公署要召开"物价平抑会"，在刘文辉的策动下，罗广文不顾国民党官员的劝阻，在会上大声疾呼："如果投机家们不听劝阻，继续操纵物价上涨，17万饿老虎是要出来吃人的!"当天重庆的报纸就刊登出"罗司令将率领饥军拜访豪门"的消息。随后，我第二野战军司令部派遣杨叔明前往四川策动罗广文起义。

杨叔明与罗广文有特殊的历史渊源，他们曾在一个部队任职，杨叔明曾是罗广文的下级。虽然当时的罗广文已经意识到继续跟着蒋介石，只有死路一条，但他还是因为与蒋的友谊更为深厚一些，所以杨叔明的这次劝说并没有奏效。

11月27日，人民解放军已开进到重庆外围，对罗广文第十五兵团部队给予沉重打击，俘罗部5000余人。第二天，罗广文到重庆面见蒋介石，蒋命令罗广文率残部从重庆向成都西撤，这令罗广文非常不满。

与此同时，杨叔明在重庆约见了罗广文的父亲罗宇涵，让其父亲亲自劝说儿子弃暗投明。但遗憾的是，罗广文再次以形势紧张为由不听劝告，使这第二次劝说仍没有成功。

彭县起义后，邓锡侯派车把杨叔明接到彭县的龙兴寺，将杨保护起来。这时中共地下工作人员朱德钦、李载之也已到达彭县，与杨叔明同住龙兴寺。

12月21日，胡宗南在成都召见罗广文，命令他指挥十五、二十两个兵团进行反攻，但第二天早上胡就乘飞机跑了。驻彭县的中共统战工作组考虑到策动罗广文起义的时机已经成熟，于是提出由刘文辉、邓锡侯出面，派杨叔明给罗广文写一封亲笔信，约罗广文会谈。

罗广文答应等王陵基离开温江，就与杨叔明会面。果然王陵基一走，罗就挂通了彭县的电话，约定与杨在郫县安德铺见面。

12月23日早上，杨叔明与邓锡侯之子邓亚民一同来到安德铺，与罗广文及其副参谋长张荣宪、贾应华会面。在杨叔明的苦劝下，罗广文顿时热泪盈眶，激动地说："好吧！我回去后就召集各师长开会，听我指挥的第二十兵团也宣布起义，明天早上我们就到龙兴寺来。"

第二天上午，罗广文、贾应华、张荣宪在郫县安德铺会见了邓亚民、杨永浚等人，决定即日宣布起义。当场由杨永浚草拟了起义通电稿。罗广文看了通电稿后表示同意签名，接着第一一〇军军长向敏思在通电上签了名，所属五个师长也签了名。同日下午，罗等赴彭县拜访刘文辉、邓锡侯，受到热烈欢迎。并会见了二野工作人员朱德钦、章浩然等人。

12月25日，贾应华偕同朱德钦到郫县两路口第十五兵团驻地，召开团以上军官会议，请朱德钦讲了共产党对起义部队的政策。接着召集兵团所属连以上军官大会，由罗广文宣读了起义通电。从此，第十五兵团所属两万余名官兵在罗广文将军率领下，脱离反动阵营，回到了人民的怀抱，走上了光明大道。

刘伯承、邓小平、贺龙三将军对罗广文率部起义表示热烈欢迎，复电嘉勉。罗广文率十五兵团在川西安德铺的起义，加速了国民党在大陆上最后一大反动力量的灭亡，推动了成都的解放。

裴昌会率第七兵团德阳起义

在国民党军第十五兵团郫县起义的同一天，国民党第七兵团司令裴昌会率部队近3万人在德阳也宣布起义。

在此期间的裴昌会虽为国民党中将，然而却对蒋介石卖国、反共、打内战很是不满，与胡宗南亦貌合神离。而他本人又是性格温和，记忆力特强，战术修养、实战经验、指挥能力等均佳的人才。

1949年，马鸿逵、马步芳与裴昌会反攻西安失败后，裴率部退往宝鸡，这时的裴昌会极度困惑，并同老同事李希三进行了推心置腹的长谈。

李希三从1929年就在国民党第四十七军搞军需，在裴昌会任第四十七师师长和第九军军长时，李希三任军需处处长。李由于思想进步曾于1940年在西安以"与八路军有联系"的罪名被特务劫去，经裴昌会几次与胡宗南交涉，才被放回。从此，他们的情谊更加深厚。

裴昌会在宝鸡与李希三进行深谈时，两人都认为蒋介石即将垮台，绝不能再走错路。于是，裴昌会遂托李希三设法同共产党联系，并约定：如有消息请他与兵团总务处处长李梅林、军医主任冯子让联系，以免两人接触频繁引起特务们的注意。

1949年7月，裴昌会担任了国民党军第五兵团中将

川西策动起义

司令，率部驻守川陕公路，这样，裴昌会就想借机在此策划起义。但非常遗憾的是，他的几次起义机会都因各种原因而没有成功。这时，与之相对峙的解放军第十八兵团政治部主任胡耀邦托人传话说：既然对部队没有把握，还是再等机会的好。

同年9月中旬，陶峙岳在新疆率部起义。胡宗南将裴昌会在大巴山预备阵地的部队编成第七兵团，令裴昌会担任这个兵团的司令职务，由李文接替了裴昌会原来的第五兵团。李文是胡宗南第一军的老人，对各军师长都很熟悉，他与裴昌会见面后议定，原第五兵团部的整套人马由裴带走，李文再另组兵团部。第二天，裴昌会带领自己的部下来到了四川广元。

11月21日，胡宗南在秦岭一带的守备部队开始入川，12月初，胡的第一支军队首先来到了广元。李希三也随三十八军到了这里。

这时，各部队军心已散，显得异常混乱。而此时的蒋介石硬要胡宗南连夜用汽车把第一军输送到重庆"保驾"。裴昌会与李希三秘商，决定由第三十八军发动兵变。

第三十八军是原西北军杨虎城将军的旧部，基础较好。1936年"西安事变"时，这个部队参与过捉蒋，蒋介石也曾经处心积虑地想要消灭这支部队。因此，这支部队中很多人都是非常憎恨蒋介石的。

裴昌会从1941年起就带领这第三十八军，军长李振西在"西安事变"中曾看管过蒋介石，让他当军长是裴昌会全力推荐的，为此，李振西非常感激裴。但当裴昌会要求李和自己一起兵变时，李振西却没有同意。

之后，我人民解放军向广元逼近，裴昌会只得带领部下转移到剑阁县。

来到剑阁的裴昌会与李希三商议，决定即日在此起义，但他们的想法却遭到了李振西的再次拒绝。

就在这十分关键的时候，胡宗南派来了第五十七军军长冯龙率军来到了剑阁，想要将裴监视起来。幸好裴昌会使计将冯支去了绵阳。

当天夜里，裴昌会发现其部下李振西不知去向。为了防止李振西另有图谋，裴昌会急忙率部下前往绵阳。

裴部到达绵阳后，见冯龙也已率军到达，立即决定把冯支走，便命令冯率部到绵阳、涪江西岸去占领阵地，掩护各部。冯表面同意，暗地里却乘车跑到了德阳。

冯龙到达德阳后不久，裴昌会也去了那里。两人见了面后，裴昌会问冯："叫你去绵阳、涪江西岸，你怎么在这里呢？"

冯龙却说："我刚任职不久，部队不听我指挥，我也没办法呀。"冯龙又说："现在你也没有一个得力的部队，我看一起到成都吧！"

裴昌会生气地说道："我不能放弃职责跑到成都，你要去就去。"

冯龙听后，随即率领第九十军输送团的一个营和三六七团乘汽车南下了。

川西策动起义

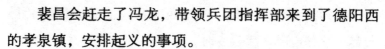
裴昌会赶走了冯龙，带领兵团指挥部来到了德阳西的孝泉镇，安排起义的事项。

这时候，裴的第七兵团各部队所处位置是：六十七军在盐亭，十七军在三台以北，九十八军在阆中与南部之间，三十军之二十七师残部、十二师之三十六团和三十八军山炮营在孝泉镇，十七军之十二师和六十七军之一四四师在绵竹县以北，三十八军由中坝继续西进。

12 月 23 日晚，李希三陪同胡耀邦、李夫可到了孝泉镇。胡、李对裴昌会的起义之举深表赞赏。裴昌会于是将呈交毛主席、朱总司令的电文交给胡耀邦，请代他转发。

胡耀邦说："贺老总要见见你。"裴昌会听了，很是高兴。第二天，贺龙到了孝泉镇，接见了裴昌会。

25 日，裴昌会发出起义通电，并电所属部队现就地起义。发电之后，川陕公路以西的部队都到孝泉镇随裴起义，七十六和十七两军虽复电响应，然仍南进，被十八兵团追击部队堵在三台西，这才放下武器。唯李振西窜踞茂县后，复电与裴称，他要使蒋介石、胡宗南意料不到还做一个效忠的人。裴昌会接电后，大骂李振西恬不知耻。直到 1950 年 1 月 20 日，李振西才在解放军强大攻势下，不得不放下武器。

董宋珩、曾苏元什邡起义

就在裴昌会率领第七兵团德阳起义的后一天，国民党川鄂边区绥靖公署副主任董宋珩、第十六兵团副司令曾苏元等将领率部6万余人在四川省什邡举行起义。

董宋珩，成都市蒲江县人，先后就读成都陆军学校、保定军官学校。历任川军排长、连长、团长、旅长、师长。与他一起起义的是四川广汉人曾苏元，于1913年加入国民党军队，历任连长、团长、旅长、副师长、副军长、军长、兵团副司令等职。

跟随董宋珩、曾苏元起义的第十六兵团原本是邓锡侯、孙震的老部队。1948年，此兵团被蒋介石调往淮海战役前线。不想，一夜之间，整个兵团灰飞烟灭。

部队被打垮后，时任川鄂边区绥署主任的孙震派人四处联系，在南京、武汉、宜昌等地设点收容逃散的官兵，重整残部。到1949年夏，才又收拢残部组成第十六兵团，孙震的川鄂边区绥署设于万县，孙元良仍任兵团司令，董宋珩为川鄂边区绥署副主任，曾苏元任副司令。但因都对绥署主任孙震和兵团司令孙元良不满，故一直未到职做事，长期居住在成都赋闲。

同年11月下旬时，刘伯承、邓小平向西南国民党军政人员发出了"四项忠告"，震动了国民党军中的一些将

川西策动起义

领。这时仍在成都的董宋珩、曾苏元再也不能坐视时局的变化，决定尽快返回部队，做好将领的工作，适时率部起义。董宋珩还请中共地下党组织派人一道去部队协同工作。中共川西党组织派出了中共党员杨叔明随同前往，争取十六兵团早日起义。

12 月初十六兵团撤离川东向西逃窜，经大竹、南充到达绵阳集结。12 日，董、曾随同到成都办事的孙震一起赶到绵阳。董宋珩与孙震不仅是老同事，还是同乡、同学，只因各自都为扩充自己的势力，他们之间也有不少矛盾。但在时局紧张、人才缺乏之时，孙对董、曾回部随军行动仍表示欢迎。并由董继续任绥署副主任，曾苏元继续任兵团副司令。二人为能顺利返部有机会策动部队起义而感到高兴。

12 月 13 日早晨，董宋珩同中共地下党人员杨叔明等一起分析了孙震的情况，认为必须抓紧时机做孙震的工作。经过与孙谈话，孙沉思不语，并不表示态度。

第二天，彭县起义的刘、邓、潘诸将军派人送信，邀请杨森和孙震去彭县开会议事，孙、杨都推辞不去，要董宋珩代为赴会。董与刘、邓都是保定军校的同学，素知他们逆蒋亲共，如有机会去彭县听听他们的意见，对策动十六兵团起义定有帮助。

董宋珩借此机会会见了刘、邓、潘等人，并想向其询问起义的具体事项。

刘、邓、潘等对董指出："现在局势已很明朗，只有脱离蒋介石，举旗起义，投向人民才是光明大道。我们已正式通电起义了。事不宜迟，越快越好。"

董宋珩去彭县后，第十六兵团各部陆续向绵竹、广汉、金堂集结。曾苏元、杨叔明也相继返回广汉。董也于16日乘车返回广汉，得知次日孙震、杨森将去成都了。

又过了一天，董宋珩、曾苏元、杨叔明在一起分析孙震与杨森去成都的动向。蒋介石对胡宗南曾有必须保全实力、撤退西昌的密令，并让地方杂牌部队掩护胡宗南嫡系部队向西撤逃。另外孙震、杨森公开宣布绥署及兵团的要务，由孙元良全权代职，也许他们二人要逃跑。董宋珩还向孙、杨详述了去彭县的情况。

这天下午，董宋珩把彭县起义的通电递给孙震后，接着说："刘文辉、邓锡侯均望我部与其统一行动，脱离蒋介石，以保全全军安全，以使百姓免遭祸害。"

但一旁的杨森却一把抢过起义通电，生气地扔到地上。孙震支吾两句，也没有表态。

第二天，孙、杨前往成都，借机逃往台湾去了。

这时中共地下工作人员杨叔明同董宋珩等分析了形势，认为人民解放军已分路向川西挺进，对成都形成了包围；国民党高级将领纷纷坐飞机逃往台湾和香港，部队失去了指挥，已溃不成军。第十六兵团各部已陆续到达广汉附近，孙震弃职逃走，将兵权交给孙元良，而部队官兵对孙元良又不信任。在这大好时机，正是积极策动部队起义的时候。

杨叔明将起义的事让董、曾二人与第十六兵团两军各师长与团长商议。

董、曾对第四十一军、四十七军各军、师长们指出，摆在我们面前的有三条路可以选择：第一条路是"战"，死守成都，这样地方百姓和官兵必受伤亡之苦；第二条路是"走"，跟着胡宗南败退西康，而后经云南逃往国外，路途遥远，会把部队拖垮；第三条路是"和"，走和平起义的道路，可使地方百姓和广大官兵少受磨难，这是最好的一条路。

接着，董宋珩还指出：我们多年来备受蒋介石嫡系的排挤、打击，现在胡宗南仍妄图以我们作替罪羊，为其卖命当炮灰，依我之见，我们联合起来，早日投向人民解放军！经过几天的宣传教导工作，各师长都拥护起义，并取得了一致意见，大家请董、曾主持起义。至此，第十六兵团起义已成定局。

同一天，第十六兵团接到胡宗南"开赴成都接任城防"的电令，孙元良召集第四十一军团以上官佐传达命令，却遭到大家的反对。紧接着，胡宗南又急电第十六兵团"在德阳、广汉一线，沿川陕公路重叠配备，以阻止解放军向成都迫近，并掩护裴昌会第七兵团在成都集结"。

孙元良召开会议，设宴招待各军、师长，并传达命令，却没有几个人来参会，大家拒不接受胡宗南的命令。出席会议者把事先与董、曾商议好的计划说出来："为避免与解放军作战，离开川陕大路，把部队摆在什邡、绵竹一带，伺机观变。"孙元良无可奈何，只好命令兵团各部向绵竹、德阳一带集结。

同时，董宋珩、曾苏元、杨叔明了解到孙元良召开会议情况后，决定加紧工作，统一行动，成立"起义指挥所"，由董宋珩、曾苏元、杨叔明、董用威、杜庸组成，并通知各部随"起义指挥所"离开广汉，向什邡、绵竹转移。孙元良得知各部队向什邡移动，他心知有异。

20日清晨，孙元良派警卫部队包围了董、曾住所，可是董、曾等已于3小时前离开广汉，到什邡去了。孙元良立即又带警卫团到什邡解决问题，但各部得知后，又分别转移到北关、罗汉寺、马脚井一带，避孙元良不见，同时与邓锡侯联系，准备起义。孙元良见大势已去，在23日凌晨带领警备部队离开什邡。

21日，董宋珩等来到什邡后，立即召集各部队师、团长开会，董宋珩说明了准备起义的情况，公开介绍了地下党员杨叔明的身份，请杨讲了当前形势，指出国民党首领已逃奔台湾，孙元良已陷于孤立，请大家认清形势、弃暗投明，走起义的光明大道。与会师、团长们一致表示赞同。深夜，董宋珩决定立即通电宣告起义。

12月26日，董宋珩在什邡城关召集了第十六兵团6万余人，正式宣读了向北京毛主席、朱总司令以及向重庆刘伯承司令员、邓小平政治委员等写的《起义通电》：

北京毛主席、朱总司令，重庆刘司令、邓政治

委员，刘先生自乾、邓先生晋康、潘先生仲三钧鉴：

珩及苏元等现率领川鄂绥靖公署所部在绵、江、什等地即时起义，脱离国民党反动集团，停止反革命战争，参加人民解放工作，拥护人民政府。并遵照人民解放军的《约法八章》及刘司令员在北京所宣布之五项规定，维护公私财产，保障人民安全。今后在人民政府领导之下致力于解放大业。

谨此奉闻。

川鄂绥靖公署副主任董宋珩、十六兵团副司令曾苏元、四十一军军长张宣武、一二二师师长熊顺义、一二四师师长蔡任、三〇一师师长张则养、四十七军军长严诩、一二五师师长裴元俊、一二七师师长袁国驯、三〇二师师长张子完、二三五师师长潘清洲、绥署独立纵队司令刘景素，亥马。

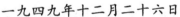

一九四九年十二月二十六日

杨汉烈率第二十军金堂起义

12月26日，就在第十六军起义的同一天里，国民党第二十军军长兼第七十九师师长杨汉烈率军部及所属第七十九、三四九师和一个独立师共1.5万多人，在四川金堂县赵家渡举行起义。杨汉烈，四川文安人，为国民党将领杨森的次子，1939年毕业于中央军校第十六期，毕业后被派任第二十军特务营中尉排长。从1941年开始，先后担任该军的团、师、军长。

1949年2月5日，国民党第二十军奉命调往江南之芜湖、鲁港、三山街担任防务。4月22日，人民解放军横渡长江，第二十军大部被歼，之后，国民党国防部电令杨森重建该军，于是杨森令芜湖等地逃回的第一三四师师长景嘉谟、副师长肖传伦收拾残兵败将，重建第二十军，杨汉烈为第七十九师师长，并由景嘉谟代行军长之职。但杨森意欲自兼军长，等待时机传位其子。

10月上旬，蒋介石作出"确保重庆"的部署后，决定成立重庆卫戍区总司令部，杨森任总司令。此时的杨森于重庆集党政军权于一身，大肆招兵买马，成立起"反共保民军"5个军，将重庆市及附近的18个县、区划入卫戍区，每县建一常备师。把第二十军第一三三师、第一三四师布防于重庆长江南岸，第七十九师布防于大竹、涪陵地区，扼守长江，企图阻止人民解放军溯江而上，进逼重庆。

重庆解放前夕，中共地下党员苏之受命去做杨森的争取工作。他通过中国民主同盟重庆发起组织人之一鲜英与杨森在成都陆军学堂同学的关系，派其子鲜彦昭向杨森转达了中共地下党提出的"四项条件"，即：

第一，所属部队撤离重庆时保证不破坏山城建设，尤其不得破坏大溪沟发电厂，不骚扰抢劫，保证山城百姓的生命财产安全。

第二，尽一切努力营救被关押在"中美合作所"集中营的革命志士。

第三，不随蒋介石去台湾，率所部第二十军起义。

第四，在可能条件下活捉蒋介石，为新中国立功受奖。

杨森在国民党连连兵败的情况下，谈了能办到和无法办到的具体情况，并答应我地下党同志待他去台湾后，由其子杨汉烈、喻孟群率部起义。

12月17日，杨森等人准备乘飞机逃往台湾，临行前他派人去找其子杨汉烈，要求他在第二天上午9时前赶到驷马桥。但派出的人却没能及时找到杨汉烈。当杨汉烈得到消息再赶去时，却发现自己的父亲已经在一个小时以前乘飞机走了。

杨森在临行前只好留下手令：第二十军军长由杨汉烈继任，并要他率第二十军起义。

杨汉烈受命后，第二野战军敌工部即派地下党员刘叔度和四川民革成员曹惠元做杨率部起义的争取工作，向杨转达了刘伯承、邓小平的"四项忠告"和对他的态度，讲了对起义投诚人员的政策。杨听后百感交集，决心在生死存亡的关头，选择走起义的道路。

12月21日，喻孟群等人赶到金堂，才知道景嘉谟和萧传伦已经把第二十军一三三、一三四两师拉走，宣布脱离二十军。至此，杨汉烈的二十军，实际上只有七十九师、三四九师、新编独立师和特务营这一点儿人马了。

23日，杨即派刘叔度、罗士瞿持他的亲笔信，由金堂沿川陕路北上，迎接贺龙司令员的部队。

第二天，杨汉烈在军部召集团以上军官动员起义，以"国父谆谆教导我们，世界潮流，浩浩荡荡，顺之则昌，逆之则亡"启发部队，认清形势。警卫团团长李茂实，独立师师长当即向文彬表示：拥护军长领衔起义。

26日，杨汉烈见起义时机已经成熟，便集合部队官兵，宣布第二十军光荣起义。在会上，杨汉烈宣读了给毛泽东主席、朱德总司令的致敬电。

川西策动起义

李振、鲁崇义成都起义

1949 年 12 月 26 日，国民党军第十八兵团司令官李振与第七兵团三十军军长鲁崇义，一起高举义旗，率 2.4 万余人在成都起义，使成都和平地回到了人民的怀抱。

国民党第十八兵团主力第六十五军原属余汉谋的粤系部队。1936 年 7 月，余汉谋投降蒋介石，被蒋委任为第四军总指挥兼广东绥靖主任，李振时任该路军第一五一师第四五一旅旅长。1937 年，第四路军编为 5 个军，其中就有第六十五军。

由于蒋介石对粤系部队的分化瓦解与分割使用，胡宗南对非嫡系的第六十五军既要利用又不信任，六十五军经常打头阵，充当替死鬼。

1946 年 6 月，蒋介石电令第六十五军移防京、沪沿线，8 月下旬，在苏中黄桥战役中，该军第一八七旅被解放军歼灭。1948 年 7 月，第六十五军调至河南，9 月奉蒋介石电令空运西安，10 月参加陕西荔北战役，伤亡 5000 余人，12 月，李振被蒋介石提升为第十八兵团司令官兼第六十五军军长。

1949 年 5 月，胡宗南撤出西安，退守汉中。并在宝鸡设立指挥所，以第五兵团司令裴昌会兼主任。令李振率第十八兵团的第六十五军、九十军并指挥第三十八军，在凤翔、宝鸡及渭河南岸设防。

7月初，人民解放军第一野战军和华北野战军第十八兵团迅速突破李振的第十八兵团防线。此时，其左翼第一一九军第一七七师先后远逃，右翼第三十八军迅速后撤；第九十军向五丈原撤退，第六十五军陷入人民解放军东、西、北三面重围之中。

在此危急时刻，胡宗南电令死守，致使第六十五军在7月12日扶眉战役中损失惨重。此次战斗，使李振看清了胡宗南保存嫡系、剪除异己的阴谋。

同年10月，叶剑英在广州了解到李振的处境后，即派人通过李振的老上司莫希德和同乡张酽村转话给李，要他及时起义，再晚就没有机会了。

早年就和叶剑英有同事之谊的李振，接到叶的传话后，当即表示：以前就是因为力量不集中，未能立即行动，现在要行动，就要团结力量。

当时进军西南的人民解放军第十八兵团也很重视李振的起义，于是派出他的同乡陈定做劝导工作。

12月上旬，李振率领第六十五军奉命经白水、略阳、阳平关转川陕公路撤退入川，于12月6日到达绵阳。

第二天晚上，蒋介石在成都市北校场军校特别召见李振。他们的谈话主要有两点：

（一）归胡宗南指挥的主力，决定撤往西昌，顶不住时再撤向滇缅边境。

川西策动起义

067

（二）蒋估计第三次世界大战有爆发的可能，而他的"反攻复国"的希望就在于此。

这次谈话过后，李振心里想：如果在一两年前受到蒋介石这样的召见，会使我受宠若惊，但这次召见使人哭笑不得，感到非常彷徨。现在仅仅剩下这几个残缺不全的部队，上下离心离德，士无斗志，全国大陆已被解放军几乎全部占领，只剩下云南、西昌一角时，身为最高统帅还在故作姿态，徒托空言，妄想第三次世界大战爆发，反攻复国。

李振从北校场回到绵阳，内心斗争非常激烈，他彻夜难眠。经过反复思考，他同自己的下属何沧浪、王杰、钟定天等人商谈后，最后下决心起义，并立即找陈定商量起草起义通电。

然而，由于何沧浪的临时变卦，使这次的起义延误了下来。

12月15日，李振奉胡宗南的命令，率第十八兵团向成都转移。出发前，陈定转告李振：第三十军鲁崇义与解放军有联系，有机会可以找他。

李振到成都后，立即带两个幕僚去找鲁崇义联系，商讨起义之事。

鲁宗义，山东德州市人，18岁投笔从戎，在冯玉祥麾下当兵，起义时担任国民党军第三十军（原系西北军）军长。1949年7月，第三十军奉命由汉中入川整补。在重庆期间，鲁崇义即同内兄李炘计议了起义的事，回到部队，即着手调整人事，作准备起义的安排。1949 年 10 月，三十军驻德阳孝泉镇。

一天，鲁崇义接到在成都的熟人高兴亚的电话，邀约到成都一谈，鲁到成都相见时，才知道中共党组织派赵力军同志来川，促三十军起义，并携有李炘的信，嘱鲁秘密接洽起义。鲁崇义当即表示同意。

12 月 21 日，胡宗南在新津召开军事会议，部署向西突围，23 日他便飞往海南岛。24 日早晨，第九十军按计划西进。9 时许，李振乘机率兵团部及第一八七师由双流进至成都东部大面铺一带，向鲁崇义的第三十军靠拢。

而后，李振通过参谋长肖健同人民解放军第二野战军联系，并将第五兵团和第十八兵团共同下达的作战计划交给他的陆大校友郭勋模转送中共党的负责人，要求派员联系。

25 日，中共川西临时工作组派易野源会见李振，祝贺第十八兵团起义。次日，李振前往简阳县贾家场同人民解放军二野第三兵团第十一军第三十二师接头，在前沿阵地石桥河受到该师第九十四团作战参谋宋添锦的迎接。李到达第九十四团后，受到第三十二师副师长涂学忠等人的接待。李将他同第三十军军长鲁崇义、第三十师师长谢锡昌、第一八七师师长钟定天、第九十军副军长兼第六十一师师长陈华等人于 25 日联名签署的起义通电交涂副师长代为拍发。

　　此时，李振要求见刘伯承司令员，刘委托参谋长李达同其通了话。当日 17 时，李返回成都市郊大面铺兵团部。李振和鲁崇义联合率部起义成功。

　　经过上述曲折、复杂的过程，李振将军和鲁崇义将军终于联合行动，使成都免遭战火，和平地回到了人民的怀抱之中。

五、川北兵分三路

● 当太阳升起来的时候，古老的南江县城，终于获得了解放。

● 七盘关有着"西秦第一关"之称，敌军居高临下守候在山头上，把谷口和道路封锁得严严实实。

● 西南战役的胜利，彻底粉碎了美帝国主义支持蒋介石割据西南、建都重庆的迷梦。

左路夺取南江城

1949 年 9 月，由贺龙率领的第十八兵团结束了秦岭战役之后，于 11 月开始了从北面向四川的进军。

随十八兵团入川参战的还有第一野战军第七军和陕南第十九军。全军分三路南下：左路第六十一军经通南巴老苏区沿成巴公路进击；右路第六十二军由陇南进击；中路六十军和第一野第七军以及陕南第十九军沿川陕公路进击。

12 月 4 日，担任北线左路作战任务的第六十一军，接到了司令员的通报。原来，胡宗南已经开始察觉到自己陷入了我军的包围，早在 11 月底就向成都方向溃退了。于是，我军司令员命各军要加快速度，兼程前进，争取沿途能歼灭一部分敌人。

我六十一军军长韦杰等军部几个领导同志立即研究部署，命令一八一师担任全军的前卫，依次为全军直属机关，由一八三师殿后，最前面派出精悍的侦察支队，随时探明情况，报告军部。

但六十一军所走的两条道路，均系千年古驿道，因年久失修及敌人破坏，极难行走。全军主力所通过的道路，是历史上有名的斜谷，位于秦岭主峰太白山西侧，山路狭窄，只容单人单骑，山溪纵横，桥梁多为敌人破坏，部队只能涉水而过。沿途人烟稀少，房屋奇缺，部队多是几十人挤一间房子，半躺半坐，勉强休息。

部队下了大巴山后，前卫侦察支队不分昼夜，平均以每日100多里的强行军速度前进，用三天半走完了敌人8天所走的路程。

12月18日，我军到达了川北南江附近。这时，前卫侦察支队俘虏了敌新编十四师军乐队。从俘虏的口中，侦察团长了解到敌人的一个师部和两个团就在前面，晚上会在离此20多里的南江县城宿营，而敌人的另一个后卫团还在后面。

为了能够及时消灭这股敌人，侦察团长让敌军乐队长利用携带的长途电话与前面的同伙联络。

很快，我军侦察团长与敌新编十四师参谋长通了电话。当从敌军参谋那里了解到敌人今晚必在南江住下的消息后，我军侦察团长决定连夜奔袭南江城，给敌人来个措手不及。

一切工作准备就绪，这天夜里2时，我军部队向南江县城出发了。

就在离南江县城大约还有5里路的时候，天空渐渐亮起来，从远处传来了阵阵"喔喔喔"的鸡叫声。

为了不让敌军发觉我军大部队已经开进，军长韦杰命令战士们，快速轻声跑步前进，不准在队伍中讲话议论，注意隐蔽潜行。

南江县城终于赶到了，战士们马上行动起来。按照

川北兵分三路

出发前的进攻部署，一营战士负责抢渡南江河，攻占南面山头，三营战士负责抢占北面山头，二营和三连负责从正面攻城，六连的侦察班实施从正面突击。

我军侦察班的同志们来到了南江县城门口，以敌新编十四师军乐队的身份成功打开了城门。

他们刚一进城就将刺刀对准了前来开门的哨兵，并立即命令哨兵为我军带路。这样，六连的勇士们顺利地向城中心驶去。

几分钟后，从城南传来了我一八一师军队的信号枪声。与此同时，城北的机关枪也响起来了，三发绿色信号弹腾空而起，宣告三营攻占城北据点的任务已胜利完成。后面部队听见前面枪响，跑得更快了。

不多久，南江县城中的敌军就完全陷入了我军的包围和分割之中。

我攻城部队一进城，便在街头巷尾架起机枪，设下伏兵，堵住了敌人的逃路。大部分敌人才刚刚从睡梦中惊醒，他们有的一手提着裤子，一手抱着枪向外逃，有的又向街上胡乱地扔着手榴弹。

这时，我军侦察班跟随着开城门的哨兵来到敌人的司令部，迅速将司令部包围起来。

半个小时之后，司令部里的 200 多个敌人只好乖乖地向我军投降。

一群一群的俘虏，被先后押到南江城的广场上去集合，这些被俘的人，个个狼狈不堪。他们有的没有穿鞋，有的没有穿衣服，有的还只穿了一条内裤，看样子都是在床上被捉住的。

我军侦察团长在这些俘虏里面发现了那个头天下午刚和他通过电话的敌军参谋长。此时他的脸色发白，正穿着一套士兵服，但很明显的是由于衣服不合身，使他肥大的双腿露在了外面。

我侦察团长走到他的跟前，诙谐地对他说："你还认识我吗?"

那参谋长白了我侦察团长一眼，低下头说："不认识。"

"哟! 这么快就不认识了，我们昨天下午还通过电话呢?"

那参谋长再次惊异地看了我侦察团长一眼，恐怖的脸上显得更加惨白。

街头上，广场上，战士们有的忙着清点缴获的枪支弹药，有的忙着擦拭武器，一个个黑红的脸上，露出了胜利的喜悦。

当太阳升起来的时候，这座古老的南江县城，终于获得了解放。

川北兵分三路

先锋支队巧夺涪江渡口

南江战斗结束后，我六十一军遵照兵团指示，继续南追逃敌，相继占领了南江与巴中之间的要点八庙垭，并以最快的速度使巴中、仪陇等地得到了解放。

12月28日，当我军解放四川盐亭县时，敌第七十六军军长薛敏泉得知消息后，打算带其残部向三台方向败逃。

为了歼灭这伙逃敌，我六十一军前卫师命令先锋支队各中队快速地抢到敌人前面去控制涪江渡口，以便拖住想渡江逃跑的敌人，再等我军大部队赶到后，一起对敌七十六军进行合围。

先锋支队张队长接到任务后，决定化装成敌人的高级指挥官，从敌人的队伍中间插到敌人前面，争取在第二天上午10时以前赶到三台涪江渡口。

趁着黑夜，先锋支队带着一匹从敌军中缴获的马匹，以飞一般的速度出发了。当清晨的太阳正要升起的时候，我军先锋支队总算来到了三台的四鞭场地。

老远，我军战士们就看见了前方的缕缕烟火，以及来回走动的敌军。这时张队长立即骑着牲口，率领着自己的"卫士"和"副官"，从镇子左边的公路上继续前进。

当他们来到公路拐弯处时，几十名队员猛地停下来，说："队长，你看！"

原来，就在离他们不远的地方，敌人的大部队正在公路上集结，准备出发。

张队长把马一勒，放慢了脚步，他边走边琢磨着：呀！有这么多的敌人呢，这出戏该怎么演下去呢？

张队长又考虑了一会儿，终于把拳头一挥，坚定地说："走吧！咱们这就从敌人中间过去！"

张队长骑着马率领着队员们走在最前面，在他的右边是一位年轻的侦察员。只见他身背"司登式"冲锋枪，手提二十响，头戴黑色礼帽，走起路来俨然一个国民党高级指挥官的便衣。

快到上午 8 时，我军先锋支队来到了涪江岸上的一个山坡上。

张队长站在山坡眺望江滩，只见成千上万的敌人正在几个渡口上抢着渡河，拥挤得混乱不堪。

看着这混乱的场面，张队长皱起了眉头，他的心中不由得暗暗思忖：在这样混乱的敌群中，有真正的敌人高级指挥官吗？如果有，又该如何应对呢？

张队长又望了望涪江对面的三台城垣，自语道：要是我能在河那头就好办多了！但，又怎么过去呢？

几分钟过去了，张队长下定了决心，对队员们说："走！咱们到江边去！"

张队长下坡走了不远，便下马来察看四周的地势。

当他的视线刚转到紧靠公路的两间草房时，突然，从前一个草房里走出来一个敌军军官。他穿着深绿色的军装，高大的个子，但没有佩戴肩章，因此不知他是敌军的哪个级别。

这个人一看到张队长，便马上跑过来向张敬了个礼。还没等张队长想出这是怎么一回事时，这军官就已经机械地向张队长报告开了："报告长官，我是第七十六军上校军需主任，急需把军用物资渡江。现在渡口官兵太多，拥挤不堪，请长官指示！"

听着敌军官的报告，张队长的心紧张得"怦怦"直跳，但他竭力地抑制自己：既然他已经认了我是"长官"，那我何不将计就计呢？

于是，张队长问道："不是叫你们把军用物资早点渡过江去吗？为什么弄到这个时候还没有渡呢？"

"是，长官，我们是想早点渡，可是军参谋部的命令叫队伍先渡，然后再渡军用物资。"军需处主任点头哈腰地说着。

啊？张队长的心头猛地一怔。他的这第一句话怎么就问得合不上拍呀，那还怎么再问下去呢？

张队长干脆打断军需主任的话，乘机大发怒气地质问道："谁下的命令？"

"报告长官，是军……军参谋……部……的命令！"军需主任见张队长声色俱厉，吓得说话都结巴了。

当张队长再次问他时，他仍然坚持说是军参谋部的命令。

张队长只好打断军需主任的话，严厉地说道："胡扯！不是昨天就命令你们渡过江去吗？怎么现在还没有渡完呢？是没有接到我的命令，还是怎么的，嗯？"

说后，张队长又瞅了他一眼，大胆地问道："你们的军长呢？让他给我说话！"

"军长？他两个小时前就过江去了。"军需主任颤抖地埋怨说。

张队长一听，这才松了一口大气，乘机改口骂道："他妈的，这些怕死的家伙，只顾自己逃命，连部队也不要了！这么多的武器、物资都堆在江岸上，成何体统！"

张队长又厉声地向身旁的侦察员说："吴副官，我们到江岸上去看看。哼！怎么队伍乱成这样，共军万一来了该怎么办哪！"

接着，张队长便率领着"副官"和"卫士"向岸上走去。他边走边想：我们的任务就是来拖住敌人的，现在既然来了，就必须拖住才是。

当他们向江岸走去时，突然看到上游一只木船随着滚滚的江水，一直往下游漂来。一见是空船，岸边的敌军马上向船挤去，都争先恐后地去抢这条船。

这时，张队长发现有一个军官，带着约两个营的队伍在朝下游跑，他赶忙命令身边的"卫士"去叫他们停住。

"卫士"一听命令，提着他手中的二十响飞快地奔

川北兵分三路

去，边跑边挥着枪大声喊道："哎！你们赶快停下来！说的就是你们！"

谁知这些人一点也不给"卫士"面子，继续向下游跑去。

"卫士"气极了，他边跑边骂："我看你们真是想反了？连我们副司令的话也敢不听了！"他故意放大嗓门地把"副司令"三个字说得特别重。

"怎么？哪来的副司令！"敌人们停止了争吵，立即把头转向了这边。

张队长他们见敌人大部队停下来后，才又反身往右边渡口走去。刚走不远，迎面又见到一个没戴军衔的敌人军官。这人见"副司令"等人向他走来，想要躲开，但又来不及了，于是漫不经心地走过来向"副司令"敬了个礼。

张队长被他漫不经心的样子惹得一下子上了火，他决定给这家伙一点颜色，于是便向他问道："你是哪部分的，嗯？"

"我是第十九编练大队大队长，后边掉队的不少，我来看看上来没有……"这人理直气壮地嘟囔道。

不等他说完，张队长两手往腰间一叉，喝道："你是什么狗屁大队长？把队伍带得乱七八糟？你他妈的，简直是个饭桶！"

这人听后，虽然不敢反驳，但他却抬起头来向"副司令"翻了个白眼。

张队长被彻底激怒了，他把头上的大盖帽往后脑勺一掀，厉声说："怎么？骂错了你！"说着，张队长指着身边的侦察员说："吴副官！把他的枪给我下了！哼！我们要这些当官的有什么用！"

"吴副官"立刻到敌大队长面前去解他腰间别的枪。他原本还想反抗，但见张队长身边的"卫士"们都用枪对准他时，只得规规矩矩地站着不敢动。

张队长看"吴副官"在卸编练大队长的枪，又命令身旁的同志道："马副官，把他看起来听候处理！"

"马副官"听到"副司令"的发话，精神抖擞地靠步立正，大声回答："是！副司令！"

随后，张队长便又率领队员向渡口走去。他们还要过江去控制河那边已经过江的敌军。

正想着，只见对岸划过一条空船。机智的"吴副官"眼疾手快，提着二十响拨开敌群，大声喝道："把船划到这边来！把船划到这边来！我们的副司令要过江！"

就这样，我先锋支队十几名战士跳上船，奋力地向河对岸划去。

当我们的船只刚到对岸时，远处就传来了枪声，我军的大部队赶来了。

霎时间，两岸的敌军乱成一团。

张队长命令队员们一边靠岸下船，一边向敌军开火。转眼之间，队员们以最快的方式下船，并抢占了岸边的最高点，立即向敌人展开猛烈射击，来掩护我军大部队

川北兵分三路

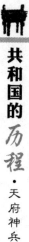

过河。

仅仅用了一个小时的光景，没过江的几千名敌人，被我军两面夹击，全部歼灭在涪江岸边。这次战斗，我军战士共生俘敌军 4000 多人，为我军顺利解放三台奠定了有利基础。

12 月 31 日，我六十一军战士到达三台县城，完成了南进的任务。

中路突破道道险关

就在我第六十一军奉命南进的同时，我第六十军作为十八兵团的中路，开始向川北的西南方向进军，并由一八〇师担任中路的前卫。

12月3日，我军第十八兵团接到命令：

> 敌往云南、西康之退路尚未截断，我军暂不能给敌过大压迫，可尾敌前进，以查明情况，修复道路为目的。

六十军即以一八〇师为先头部队，3日从留凤关出发，其余按一七八师、军直、一七九师序列于12月4日、5日陆续出动。

当时，川陕公路自凤县以南、白家庄至褒城170公里地段遭敌人破坏。敌人或把路基挖断，或用炸药将山崖炸垮以乱石阻路，或把大小桥梁炸毁，或在沿途埋设地雷。

我先头部队五三九团配属工兵一部，一面扫清地雷，修复道路；一面尾敌前进，查明情况。秦岭此时正风紧雪急，地冻天寒，部队战士不畏寒冷，冒着风雪前进。

12月10日，六十军先头部队一八〇师五三八团在沔

川北兵分三路

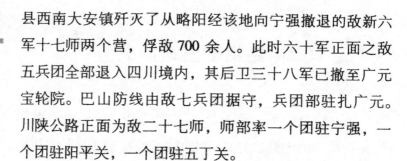

县西南大安镇歼灭了从略阳经该地向宁强撤退的敌新六军十七师两个营，俘敌 700 余人。此时六十军正面之敌五兵团全部退入四川境内，其后卫三十八军已撤至广元宝轮院。巴山防线由敌七兵团据守，兵团部驻扎广元。川陕公路正面为敌二十七师，师部率一个团驻宁强，一个团驻阳平关，一个团驻五丁关。

此时，我二野部队已完全切断敌军退路，十八兵团令六十军兼程追赶。11 日，先头部队一八〇师五三八团在风雪中急行百余里，于晚 8 时将敌前哨击溃，并强行攻占五丁关阵地，俘敌二十七师八十团 400 余人。当夜 12 时，攻占陕西境内最后一个县城宁强，俘敌 200 余人。

解放宁强之后，五三八团继续追击，于第二天的午后 3 时 30 分，逼近了广元的七盘关。

这七盘关有着"西秦第一关"之称，敌军居高临下守候在山头上面，把谷口和道路封锁得严严实实。

针对这种局势，我军团首长仔细地观察了敌军的作战技巧，命令我军前卫三营组织了几次冲击，但都没有成功。

我军领导再次分析了敌军的炮阵布局，终于发现了敌军的火力、兵力都集中在正面，而两侧的防御较为薄弱。

于是，我五三八团九连的战士们大胆地从七盘关右侧的一个突出山头下手，拿下了这一山头，又绕到敌军占据的主峰背后，给敌人来个出其不意。

接着，在团炮火掩护下，七连战士们从正面发起攻击，敌人腹背挨打，招架不住，我军一举攻占了七盘关，全歼敌二十七师七十九团一个营。

随后，敌军在我军的勇猛追击下退缩到了大巴山脉的龙洞背。

龙洞背西边是大山，中间为一鞍部，公路由此通过。为了查明敌情，五三八团参谋长胡景义带着侦察参谋到前面观察，发现两边山头到处是敌人。根据情况判断：敌人主力置于公路两侧，企图对我军左右夹击。

团首长当即决定，发扬我军夜战的特长，令尖兵二连趁着黑夜隐蔽地接近龙洞背，突然对敌人进行袭击。当夜，部队迅速穿过了龙洞背。

13日，天刚刚亮，部队抵近嘉陵江边的朝天驿。我军领导经过商量后，决定在这里休息一下，吃点干粮再继续前进。

战士们刚停下不久，就见侦察员急匆匆地赶来报告说，江对面西山上下来不少敌人。

团首长赶忙来到江边向西岸察看，只见对面江岸上黑压压一片敌人，正在河滩摆布队形，看样子准备渡江过来。团长立即把各营营长叫来，命令部队做好战斗准备。

就在这个关键的时刻，五三八团的一位营长为团首长出谋划策，认为我军可以化装成敌军的人，来个"诱敌"的计划。

这样，团首长派出了一支侦察队，化装成敌军的"自己人"去"迎接"他们。

这些敌人根本就没有想到江这边的"自己人"却是解放军，他们毫无戒备，乘船过江。过来一条船，就被我军侦察员引进了村子，重重围住，敌人只得再乖乖地缴械投降。

突然，二连发现有一股敌人妄图顺水逃跑，"叭，叭，"打了两枪。这一下，尚未过江的敌人立即骚动起来。几乎在同时，我五三八团全团轻重机枪一齐开火。敌人仓皇往西山逃跑。我军炮兵队随即向那边炮轰过去。

八连战士们趁机乘船过江，俘虏了这一堆敌人。一清点，500多人，其中还有一个副团长。

朝天驿位于嘉陵江畔，为广元门户。左侧是滔滔大江，右侧是陡壁悬崖，唯一的通道就是峭壁上的一条古栈道。上级指示要尽快控制古栈道，如果被敌人破坏了，就会给后续部队带来极大的困难，延误进军的时间。战斗刚结束，我五三八团就派二连火速抢占古栈道。

二连是运城战役的功臣连，此时的他们已忘记了饥饿和疲劳，飞速前进。很快就将准备在古栈道安置炸药的敌人活捉了。

之后，我军大部队乘胜追击到沙河场，生俘敌五十五师一六三团八连全部，顺利地拿下了朝天驿。

14日凌晨2时，我五三八团突破飞仙关，沿途击溃敌五十五师三个团的抵抗，逼近广元城郊。左侧五四〇团亦进占广元东南高地，连续攻下敌 6 个山头阵地，打进东关，与五三八团在城中会合。广元之战共俘敌 1000 余名。

黄昏，敌七兵团部、三十八军及二十七师均向宝轮镇退去。我军占领玉龙山。当广元城外战斗还在进行之时，工人、学生、市民已拥上街头，热烈欢呼解放。

敌七兵团由宝轮镇南逃后，即以五十五师一个团扼守剑门关。这剑门关，是蜀道中最险要的关口。自古道："陆有剑阁，水有三峡"，剑门关与长江三峡确是西蜀的门户。剑门有七十二峰，都是异常险峻。关的两厢，是数百丈的峭壁悬崖，纵深约两公里，宽仅 50 余尺，正所谓"一夫当关，万夫莫开"。

这里，有敌军各种火器交叉错综。关里栈桥已被焚毁，山半腰有石碉，各山顶都设有工事，贴着公路还有碉堡、鹿寨、铁丝网和密密层层的交叉火网。敌师长曾下令"宁肯全部死在关上，也不准退后一步"，他认为有如此雄关，加上这样的火力部署，连鸟也难飞过去，大可以阻止解放军的前进。

但敌师长连做梦也没有想到，我军只用了两个小时的时间，就将这"天下雄关"攻克了。

广元解放后，先头部队五四〇团于 16 日进至昭化宝轮镇，17 日行进 70 里，下午 4 时进至剑门关前，俘敌百余。该团三营的战士们轻装上阵，自右翼攀过古道，向敌后迂回，断敌退路，两个营再从正面攻击。

川北兵分三路

夜里 10 时左右，三营七连沿着河沟塄坎和大石缝隙匍匐前进，向关口接近，敌人漫无目标地用炮火及机枪、步枪射击壮胆，战士们借着这种爆炸的火光向前进，到离关口 50 米时，我各种火器一齐开火射击，七连宋副连长带领二排展开勇猛突击，史忠福小组用手榴弹压制敌人，二排很快钻过四道鹿寨、一道铁丝网，冲过敌前沿阵地，直向燃着大火的一座木桥猛扑。

木桥仅剩下一根大梁在燃烧，桥下悬崖深潭。二排毅然从燃烧着的独木桥上爬过，再攀着峭壁上的灌木丛，绕过第二道桥梁，占据有利地形。此时八连赶到，展开追击，直追到 10 多公里外的汉阳场。战士徐升常一人缴了敌人一个班的枪，二排长冯玉贵带着 3 个战士俘敌两个排。

此时，剑门关终于被我军战士突破了。

剑门关被攻克后，敌第七兵团残部窜据绵阳及其以北丘陵地带作最后挣扎。

12 月 20 日，我军五四〇团追至梓潼，敌人望风而逃。二营即登上缴获敌人的汽车继续追击。敌人以梯队式配置，节节掩护后退。我军边打边追，黄昏时分，先头营已行 80 多公里追至古城，晚上 11 时进至涪江北岸，趁机占领绵阳。二营一天未吃饭，冒雨继续追击。

当行至距绵阳 30 里的新桥时，桥被敌人炸毁。营教导员薛长华与通讯员亲手铺桥板时，触雷牺牲。全营指战员十分气愤，更加英勇前进，半夜至绵阳桥头，乘敌仓皇后撤之际，发起攻击，抢占浮桥，向城直追。残敌立即逃窜。21 日凌晨 3 时，五四〇团占领绵阳城，俘敌 700 余人。当天早上，绵阳城挤满了欢庆解放的群众，鞭炮声、欢呼声一齐沸腾。

12 月 21 日下午，部队继续追击逃敌，途中击溃敌一二三师一个团。26 日，五四〇团解放广汉，五三九团解放新都，歼敌新八军军部 7000 余人。27 日，五三九团奔袭金堂赵家镇，歼灭企图逃往大巴山为匪的新一军 2000 余人。当天中午 12 时，五四〇团在成都北关收降敌骑二旅等单位，下午占领昭觉寺、青龙场及驷马桥。与此同时，我第三、五兵团紧密配合，将敌第五兵团追至新津、邛崃、大邑，逼其缴械投降。

第六十军沿川陕公路完成南进任务，历时 25 天，行程 1800 余里，消灭敌人 4.4 万余名。

川北兵分三路

右路乘胜所向披靡

1949 年 12 月 3 日，我第十八兵团命令六十二军作为兵团右路，担任由陇南入川的任务。

第六十二军为第一野战军的总预备队，参加追歼甘、青的匪军。1949 年 10 月 5 日到岷县集结，归建第十八兵团，休整时改造国民党起义部队，将其改编为西北独立第一师，为六十二军后卫。为配合主力解放四川，六十二军奉命于 12 月 11 日首先扫清陇南武都一带之敌——九军及文县一四四师，开辟向川北进军的又一道路。

12 月 13 日，一八四师由文县南渡，沿崎岖山路披荆斩棘，直下东南。15 日上午，我军前卫部队五五〇团突然出现在碧口，正在集结企图抵抗我军之敌一四四师四三〇团一个营，被我军一举全歼，顺利占领该地。

12 月 11 日，一八五师沿白龙江南下，13 日进抵玉垒关。该处是陇南入川孔道，汶河与白龙江于此地汇合，周围群山峡谷，悬崖绝壁，地势极为险要。敌人为阻我追击，于 12 日晚将铁索桥炸毁。我军一八五师赶到此地时，一边扎筏轮渡，一边组织工兵架桥。因水急及选点不当，连架 4 次均未成功。全师人员在狭小的山谷中露营 5 昼夜，粮食用完，人吃马料，马吃野草。我工兵又重选架桥点，不畏严寒，下水立桩，终于在 17 日将桥架成，全师顺利通过，18日抵达碧口。

12月12日，我军一八六师由望子关地区出发，13日至临江与狗头坝一带，得悉玉垒关架桥未成，遂绕道文县，也于18日抵碧口。

此时川陕公路正面，我军已进至广元以南，胡宗南所部正向绵阳、成都地区集结。

为迅速追歼敌人，一八四师在碧口歼敌后，受命为先头部队，继续向南追击，连续突破大刀岭、青岩关、黄土梁等天险。

18日，我军一八四师进占青川，守敌南逃。南坝之敌闻我军占领青川，也急速南撤。20日早上，我军五五〇团追至南坝，敌在将南渡村渡口的船只全部焚烧后仓皇逃窜。我五五〇团一面组织工兵架桥，开辟前进道路，一面借轻便船只由高庄坝渡河，兼程前进，当日解放江油，并向青莲场进击。

22日，一八四师部队迅速抢占了青莲场渡口，出敌不意，截歼敌后尾部队骑三旅2000余人。当日，由剑阁方向溃逃之敌骑二旅、新六军等残部窜至江油河东岸。我五五〇团渡过涪江，发起进攻。敌人疲于奔命、不敢应战，被我歼灭。俘敌600余人，缴获战马50余匹。

一八五师、一八六师于18日同时由碧口出发，齐头并进，一八五师经青川、江油、德阳，于27日进至广汉；一八六师经桥庄坝、重华堰小道向中坝前进，沿途均系大山密林，又加雨雪纷飞，道路极难通行。为了赶

川北兵分三路

路，部队手执火把，连夜前进，26 日全师到达彭县蒙阳镇一带集结。

与此同时，刘、邓大军已挺进至简阳、南江、三台、青神、邛崃等地，完全截断了敌人的退路。

从北线猛扑下来的我左路部队，迅速占领成都会战的指定位置，完成了对成都的战役合围。由陕甘、重庆等地溃聚在成都周围的数十万敌军，完全陷于我军重重包围之中，成了瓮中之鳖。

李振、鲁崇义率部成都起义后，成都不战而胜。自此，退守西南的国民党军队，已全部被我军歼灭，而整个进军西南的作战任务也胜利结束。

我六十二军进军四川，行军路线最为艰苦，从甘肃岷县至成都，全程 2500 余里。这里是川甘陕边陲的偏僻小道，高山峻岭，荒草老林，往往数十里不见人烟。在困难面前，各级指战员保持高涨情绪，全军顺利完成南进任务，共歼敌 1.5 万余人。

在这场西南战役中，我军消灭敌人共计 90 余万人（包括起义、投诚的各色武装），彻底粉碎了美帝国主义支持蒋介石割据西南、建都重庆的迷梦。

六、 全川大剿匪

● 刘伯承清醒地认识到，要实现建设新西南的任务，就需要开展一次大规模的剿匪运动。

● 我军在红口山区清剿敌人20多天，共歼匪750多人。

● 经过10个月的艰苦努力，我军战士在四川各地共歼灭土匪92万多人，基本肃清了内地腹心地区的匪患。

刘伯承提出建设西南三项任务

1949 年 12 月，成都战役结束后，西南地区的国民党军残部及土匪武装，在四川、西康、贵州和云南各地，进行反革命暴乱和各种骚扰破坏活动，成为全国匪情严重的地区之一。

四川有土匪 300 多股，云南有土匪 148 股，贵州有土匪 541 股，西康的雅安、西昌等地均有大量土匪活动。国民党部队起义后叛变为匪者达 14 个团，整个西南地区匪特武装达 50 万人之多。

1950 年元旦，也就是西南战役结束后的第 5 天，刘伯承出席重庆市庆祝西南解放大会，发表入川后的第一次长篇演讲。他开宗明义地提出了建设新西南的三项任务：

第一项，是建立革命的秩序，维护治安。西南区是全国最后解放的地方，也是蒋介石匪帮盘踞得最久和他在大陆上最后覆灭的地方。因此，治安问题更加复杂，亟待解决的社会问题也很多。

目前首先就是对分散隐蔽继续造谣破坏的特务匪徒和流窜在农村的土匪特务武装，必须人人一致警觉起来加以彻底肃清。对散兵游勇，必须进行登记，集中训练，妥善处理。只有这样，城市与农村的社会秩序才能安定下来，人民才能各自好好生产，经营工农商各业。这是解放后第一个要解决的关键问题。不然，生产、文化教育等一切工作无从做起，即使做了也无安全保障。

第二项任务是恢复和发展生产。这是共同纲领中的基本问题，也是使我们国家由农业国变成工业国、建立新民主主义社会的基本问题。

西南区蒋介石匪帮统治最久，经济遭受摧残最深，解放以前为蒋匪依靠作卖国内战的基地，所受兵灾也最深，临败走时该匪又有计划地进行了疯狂的破坏。恢复和发展生产，目前困难很多，而首先是如何有步骤地恢复生产的问题。我们必须切实执行毛主席的"公私兼顾、劳资两利、城乡互助、内外交流"的四面八方政策，以达到发展生产、繁荣经济的目的。这是一切任务所围绕的中心工作。

第三项任务是生产建设，即物质建设与文化教育，即思想建设是相辅并行的两个车轮，缺一不可。同时，文化教育更主要的是为生产建设而服务，是以生产为中心来进行的。

重庆是蒋介石匪帮首脑机关长期盘踞的地

全川大剿匪

方，曾经大规模地开办各种训练班，印发反动的报纸书籍，进行反革命的宣传，灌输封建的、买办的、法西斯主义思想，蒙蔽毒害青年知识分子和人民；同时摧残进步文化，封闭进步的学校和文化机关，屠杀进步的文化教育工作者和青年学生，使进步的思想输入困难。我们现在必须发展科学的、民族的、大众的文化，坚决肃清封建的、买办的法西斯主义思想。新的文化教育是为人民服务的。人民大众文化水平的提高，对于生产建设及其他建设，必然要起更大的推进作用。

刘伯承清醒地认识到，要实现建设新西南的任务，第一项需要做的就是要"建立革命的秩序，维护治安"，而要把这"维护治安"的工作落到实处，其实就是需要开展一次大规模的剿匪运动。

下达"分区包干"指示

解放后的西南情况极为复杂，建设任务极为艰巨。最严重的问题是封建势力强大，国民党反动派长期统治，荼毒人民，危害极深。

解放初期的四川，匪特活动十分猖獗。蒋介石早在淮海战役战败后，即派遣大批特务进入西南，与本地封建势力共同策划了"应变计划"，梦想建立"反共复国"的基地，并在川、黔等地举办"游击干部训练班"，训练了5000多名反动分子，作为其发展匪特武装、破坏人民恢复和建设经济的骨干。

1949年12月，我大军入川时，国民党军统特务头子毛人凤曾在重庆召开匪特首脑紧急会议，部署了"游击武装"的任务，划分了"游击地区"，下发了"建立根据地实施办法"和"扩展游击工作纲要"等反革命文件，统一了匪特武装的番号和行动纲要。

国民党四川省主席王陵基发出了密电，号召国民党的"忠实党员"，准备随时转入地下，加强组织"游击队"。四川省的特务机关在解放前夕，也有计划地释放了大批监禁的惯匪、惯盗，给他们布置了进行各种反革命破坏活动的任务。

四川刚解放时，国民党在四川潜留的匪特和各种反

全川大剿匪

革命势力，在我大军压境的震慑下，纷纷抱头鼠窜，四处隐蔽。

1950年1月中旬，这些反革命分子看到我军忙于接管城市，忙于接收和改造起义、投降的部队，集中进行征粮等工作时，便又乘机串联地主恶霸，勾结反动武装，裹胁落后群众，啸聚山林，打家劫舍，制造谣言，煽惑群众，调唆起义部队叛变，阻挠解放军开展地方工作。一时间，匪患猖獗，成为危害社会治安和人民生命财产安全的一大祸害。

1950年2月，中国共产党中央委员会西南局召开会议，决定把剿匪作为全区工作的中心任务。在剿匪步骤上，确定首先歼灭腹心富庶地区和交通要道周围之匪，而后推至边缘贫瘠山区。

在西南军区的统一部署下，人民解放军第三兵团、第四兵团、第五兵团、第十八兵团和第一兵团之第七军，共13个军、37个师另两个团的部队，相继投入了剿匪作战。

从1950年3月起，各剿匪部队采取“分区包干”的办法，以主力对大股土匪进行重点围剿。

鉴于四川的匪患尤为严重，解放军驻川部队根据西南军区的指示，推迟进军西藏的准备工作，集中兵力全面进剿四川各地的土匪。

解放军驻川部队“分区包干”围剿土匪的任务部署如下：

由第三兵团指挥第十一军、第十二军的 6 个师，负责进剿川东地区的土匪；由第十军指挥第十军、第十八军、第十五军的 8 个师，负责进剿川南地区的土匪；由第六十军指挥第六十一军、第六十二军、第七军的 7 个师，负责进剿川西地区的土匪，第六十一军负责进剿川北地区的土匪；第六十二军负责进剿西康、雅安、西昌、康定等地的土匪。

成都龙潭寺拉开序幕

1950 年 2 月，成都还处在严寒之中。看似风平浪静的成都城，实际上是暗流汹涌。当时，以胡宗南残部八师副师长刘长龄（化名马步秀）、保安团长李干才、军统特务少将处长廖宗泽为首的一伙反动军官，勾结以龙潭寺为主的华阳北部地区的反动势力，打着"反共救国军"、"反共挺进队"的旗号，组织"反共救国军"金堂、华阳总队，下设 8 个大队、1 个直属支队，发动了反革命暴乱。

2 月 5 日，以匪"总队"副总队长巫杰为首的叛匪300 多人，强占了龙潭寺至石板滩之间的要隘院山寺（距龙潭寺 3 公里），四处布防设卡，并以武力胁迫群众入匪。

同日，三名解放军战士从成都用牲口驮物资回石板滩营地，途经龙潭寺时，遭匪袭击，一战士被打死，三牲口被抢劫。接着，我一七八师政治部同志在途经龙潭寺时，被该镇匪特全部杀害。当晚，匪徒们又勾结附近村庄的地主恶霸等反动分子，围攻起义部队驻地，并带走该处投诚部队 2000 多人。

6 日早上，匪首巫杰率匪徒近千人包围我军头一天住在曾家粉房送公粮的护粮队。一时间，曾家粉房枪声四起，从晨至夕不绝。解放军指战员固守阵地。匪徒虽以20多倍于护粮队之力量，仍未攻下粉房。当晚，护粮队两名战士奉命突围成功，赴成都市警备司令部报警。

2月8日，川西军区发出剿匪通令，解放军五五八团将叛匪大部分歼灭。匪首巫杰在和尚岭被击毙。随即，部队分东西两路，移师龙潭寺场镇清剿叛匪。东路部队攻下土地庙碉堡，击毙匪头目周子高，继续西进至上街与西路部队会合。上街匪徒据堡顽抗，经部队多次喊话交代政策无效，即开枪射击，并投掷燃烧弹，击毙匪首林海东，匪徒17人毙于堡内。

2月12日，成都警备二团参谋长秦棣率领几个侦察员和一个战斗排组成侦察小分队，乔装秘密去龙潭寺。上午10时，小分队正准备进镇，突遇匪徒猛烈袭击。小分队一边还击，一边迅速占领龙潭寺东侧的两个高地据守。匪徒从三面向高地合围。小分队顽强战斗到暮色降临，才驱退匪徒的全面合围。

入夜时分，叛匪又组织300人左右的"敢死队"从右翼发起进攻。小分队击溃匪徒，抓获匪中队长等30余人，缴获一批武器弹药。午夜，土匪又纠集200余人，从左侧匍匐接近阵地。小分队待叛匪进入伏击圈后，立即开火，毙伤许多叛匪。

13日深夜，小分队利用战斗间隙审讯俘虏，并侦察判明匪徒的指挥点设在龙潭寺北头李家大院。小分队组织精悍的突击组冲击大院，直捣匪首酣睡的堂屋，当场

全川大剿匪

歼灭匪首等 19 人，打乱了匪徒的指挥系统。尔后，小分队配合增援部队，两面合围，歼敌四五百人，被困匪徒被迫缴枪投降。

龙潭寺叛乱平息后，潜伏的匪首李干才、刘熙延、马步秀，四处收罗残部、流氓、匪特，重新组织"反共救国义勇军"，以烧杀威胁群众出人、出粮、出枪，被威胁从匪的群众达 2000 多人。

4 月 16 日，匪首李干才等发动了第二次叛乱。叛匪猖狂地抢劫军用汽车，袭击武工队，杀害军政人员及群众 200 余人，烧毁民房 300 多间，抢走耕牛 100 多头，损失公粮数万斤。

4 月下旬，川西军区和温江军分区派兵围剿金堂、简阳、华阳地区的叛匪。4 月 25 日，新都某部经过两天激战，全歼木兰寺、新店子、白沱寺叛匪后南下，矛头直指龙潭寺；成都某部在歼灭大面铺叛匪后，也分兵北上，从西河乡、保和乡两地向龙潭寺进逼。

在人民解放军的强大攻势下，各地土匪纷纷溃散。4 月 27 日拂晓，人民解放军一举歼灭了盘踞在龙潭寺的叛匪，毙、伤、俘匪徒 1700 余人。

12 月，成都各县开展清匪工作，又捕获残匪共计 293 人，其中司令 1 人、参谋长 3 人、大队长 4 人，并缴获大量枪支弹药。

胡宗南残部庄南山落网

1950年1月下旬，川西各地不断发生拦路抢劫、奸淫妇女、行凶杀人、造谣惑众等事件。

2月21日，匪特开始大规模叛乱，蔓延川西16个县，杀害我军政干部，抢劫仓库，破坏公路、桥梁，切断电线，并先后围攻我新繁、崇宁、灌县、郫县、温江、崇庆、大邑、名山、双流、彭山等10余座县城，直逼成都。使成渝、成灌、成眉、成新等公路交通被阻断，城乡物资交通受到严重影响，造成川西地区的社会秩序极为混乱，人民生命和财产安全受到威胁。

为了肃清匪特，净化全区，我军深入各地，广泛地发动群众，和群众打成一片，以军民同心的方式来共同抵制匪特的迫害。

一天，我五三七团侦察排长任敬安带着他的侦察小组化装成商人，深入群众中得知，有一小股匪特常在郫县唐章镇一带出没。为了消灭这伙敌人，我军战士在唐章镇周围布下埋伏，等待敌人"上钩"。

果然，在我军埋伏好的第二天，就遇到了前来唐章镇抢劫的10多名土匪。

土匪们一走进我军的包围，战士们就立即打响了战斗。顿时，冲锋枪、手榴弹一起开火，很快就打死几个

全川大剿匪

匪徒。

在这场埋伏剿匪中，我军从活捉的匪徒口中得知，他们是胡宗南的残余部队，并在庄南山一带占山为寇。我五三七团团首长立即派出一营前去庄南山歼灭这股残兵。

一营营长李佐军接到命令后，带着战士们，于当天夜里赶至庄南山，趁着夜色对该处敌人实行围剿。

庄南山的敌人做梦也没想到解放军会在这个时候袭击他们。他们有的正在猜拳喝酒，有的正在分夺抢来的赃物，把整个山庄弄得乌烟瘴气。正在匪徒们得意扬扬的时候，我军的机枪响了，步枪、手榴弹从四面八方向匪巢打来。匪营长一听枪声很紧，知道情况不妙，赶紧吹灭了灯，带着部分匪徒往山后跑，可他向左逃却遭到我军三连的围击，向右逃又遇到我军围上来的二连。

匪营长这时才知道自己已经被我军包围。他集中约一个连的兵力向庄口冲击，却被我军守候在此的一连战士一阵痛击，连长曹润海抬手一枪将土匪头子击倒。

土匪们失去了指挥，像没了头的苍蝇，一时间乱作一团。我一营教导员趁机对敌喊话，要求土匪们"放下武器投降"。

在我军事打击和政治瓦解之下，敌人只好乖乖地丢下了武器。

这次战斗，我军共打死打伤敌人40多人，俘敌营长以下300多人。

红口山歼灭"反共总司令"

经过近两个月节节胜利的剿匪战斗，川西平原大股叛匪基本肃清，残匪逃往川西北山区。号称"中国青年反共救国军"总司令的夏斗枢，预感到末日来临，惊慌失措，像热锅上的蚂蚁到处乱窜。

这个夏斗枢，本来是国民党杨森部第二十军军长，就在杨汉烈担任了他的军长职位后，他便带着自己的残兵败将逃到四川，和当地的一些地主恶霸以及惯匪、袍哥等反革命分子互相勾结，组成"中国青年反共救国军"的反革命组织，匪众达 7000 余人，分七股盘踞在彭、灌两县交界的山区，继续与人民为敌。

1950 年 7 月的一天晚上，我五三七团接到了位于河坝场一位老乡的报告，原来是那里又出现了土匪抢劫的事件。

五三七团团首长立即打电话给一营，命令二连和三连去歼灭该地区的敌人。

当天晚上 9 时 30 分，我军战士分两路向坝南山包抄过去。经过 20 多里的奔袭，他们来到了坝南山的山脚下。从山腰中的亮光，我军战士判断出，匪徒们很可能就在山腰上。于是我军二连的战士们从山背面上去对土匪们进行围攻。

可由于这坝南山是当地山中较高的山峰，山背后的道

路非常崎岖难走，当他们快要来到半山腰洞口时，一名战士突然失足掉下了山崖，紧接着，一旁的树杈钩住了这个战士的扳机，"砰"的一声，惊动了洞里的土匪。

战士们以最快的速度攀到了洞口，却还是发现洞里的土匪们已经逃之夭夭了。最后，我军战士在洞中搜出了一个女俘虏，经审问后，才知道原来这人是匪首夏斗枢的老婆。她的老公夏匪为了长期与我军对垒，早在彭、灌两县交界的红口山区修筑了许多个据点，他们挖坑道、修地堡、设障碍，作为依托。方才，夏匪听到枪声后就已经从洞中的秘道逃走了。

我军师首长得到这个重要消息后，立即派出五三五团和五三七团兵分两路向夏匪发起追击。

7月29日，我军一个团从彭县出发，另一个团从灌县出发，顺利到达小鱼洞、深溪沟、白沙场等合围位置。30日下午1时，我军五三七团一营营长命令二连向干沟方向搜索，自己带领三连及配属分队由龙溪镇向神仙岗清剿。按计划完成了对敌纵深各点的包围，并控制了外围要点和要道。

第二天凌晨，我三连向鹿顶山之敌发起进攻，敌人的机枪从地堡里疯狂地向我军扫射，阻挡我军前进。三连连长果断地指挥机枪班占领有利地形，压制敌人火力，命令我炮兵连对准敌人的工事射击。二排战士们则抓紧敌火力被压制的有利时机，从侧翼包抄上去。

狡猾的敌人见我军来势很猛，吓得纷纷向狮子坪逃跑。我军突击队的战士们发扬穷追猛打、连续作战的精神，直逼狮子坪。

匪参谋长夏茂芝，师长高璧成的巢穴就设在鹿顶山半山腰的山洞里。阵地前沿挖有堑壕，还埋设了地雷。三连组织突击队进行攀登。在我机枪、大炮的掩护下，勇士们迅速攀了上去，用打、炸、爆的方法，直逼敌人洞口。正当三连向前进攻时，突然，洞的右侧一个暗火力点向我军侧射过来，冲在前面的战士牺牲了。

四班的一名战士机智地从侧翼爬了过去，把炸药包投放在敌暗堡射孔旁，并拉着了导火索，但却被狡猾的敌人用枪刺把炸药包顶了回来。

为了消灭这伙敌人，我四班战士不顾个人安危，用自己的身体将这个炸药包顶到了敌人的暗堡口。霎时，只听见"轰"的一声巨响，这名战士和暗堡里的敌人同归于尽了。

很快，四班的其他勇士们冲进了洞口，将七八颗手榴弹一起甩进了匪穴，爆炸声、喊叫声混成一片。

乘着混乱，四班的战士们又冲入了洞中匪司令部，活捉了匪首夏斗枢和夏茂芝等人。

自此，我军在红口山区清剿敌人 20 多天，共歼匪 750 多人。

全川大剿匪

追击制服诈降叛军

我军在解放成都时，曾经收编了几十万国民党军队，希望他们能够改过自新，走上光明的道路。但是，当时在金堂起义时，却有第二十军代理军长景嘉谟把第二十军一三三、一三四两师拉走，向松潘一带逃窜，继续危害人民。

我方作战首长将追歼这伙叛敌的任务交给了一八五师五五四团来完成。我五五四团二营在副团长杨青奎和副政委程普哉的率领下，路经绵阳、安县，追至北川县境内后，便追上了这股敌人。

当时，这伙敌人在北川县片口乡暂时安营扎寨，为了准备好充分的粮食以便西逃，敌军们一方面抢粮，一方面严密布防，阻止我军追击。

在一个夜里，我军部队沿着崎岖的山路，向片口方向疾进。当部队进至距片口大约三四公里路的东岳庙山脚下时，杨副团长向各连干部交代敌情和具体任务：四连从正面进攻，五连从左翼进攻，六连从右翼进攻，对敌人形成三面包围之势。

各连接受命令后，迅猛地奔向各自的攻击目标。不到一小时，四连就占领了东岳庙山顶。

当天亮的时候，我军四连的同志们又占领了三江口，直逼到了敌军的营地。这时，敌人被我军这强大的阵势吓倒了，他们派出了几个代表来到我军这边，向我军递上一封由景嘉谟亲笔写的投降书。

这伙敌人虽然口头答应要投降，却都没有真正放下武器，而在随后又再次对我军进行了激烈的反扑。

当敌军很快发现自己的反扑只能是垂死挣扎后，他们再次用电话的方式和我军联系，要求投降。

我军团首长当即命令敌人："必须在1月26日中午12时前，由景嘉谟亲自带领全部人马开到北川县城。"

在开往北川城和广汉县的西高镇途中，顽固不化的敌军官，只要宿营住下，就派出班排哨，占领制高点，妄想趁机干掉我军部队，再次叛逃。但由于我军严加防范，如果敌人占领控制制高点，我军即在敌人的司令部周围部署小包围，并派出一名侦察员紧随敌代军长景嘉谟身边，一旦发生意外，就先"擒王"。

在这种情况下，我一八五师首长即向二次投降的一三三师下达了由西高镇调往广汉县城的调防命令，并事先在广汉河滩周围布置了我军的部队。当敌军一进广汉县城时，就被我五五四团特务连全部缴了械。

与此同时，当我一八五师首长对在河滩集结待命的敌师长严加斥责，指出其企图再次叛逃的阴谋，在下达缴械命令时，敌军突然向团首长开枪射击，并拒绝放下武器。

我军忍无可忍，立即向敌人开火，一举歼灭了叛敌

全川大剿匪

一三三师，毙伤敌人 600 多人，俘虏敌人 2000 余人，缴获叛敌各种武器 2000 余件，狠狠教训了这些执迷不悟的反动军人。

从 1950 年初到年底，经过 10 个月的艰苦努力，我军在四川各地共歼灭土匪 92 万多人，基本肃清了内地腹心地区的匪患。

抓捕袍哥头子冷开泰

1950年初，就在我一八五师五五四团追击国民党第二十军残敌的同时，一支剿匪部队又开始在成都地区抓捕大匪首袍哥首领冷开泰。

所谓袍哥，就是起于明末清初，发展于清朝末年，泛滥于民国时代，最终在解放初期被彻底消灭的反动组织，而这个冷开泰就是成都袍哥头子中的著名人物。

最初，冷开泰不过是一个心狠手辣、五毒俱全的码头小混混，可他本人却凭着自己的三寸不烂之舌以及人际关系，很快成为成都最为活跃的大袍哥。

一天，青帮头子丘伯坦邀请冷开泰到上海活动，他竟在这次的聚会中得到杜月笙、黄金荣、颜家棠、杨庆山等人的赏识。从此，冷开泰便成为长江沿岸鼎鼎大名的地头蛇了。

1949年，冷开泰参加了由王旭夫主办的"游击干部训练班"，又由于冷开泰为王旭夫带来了不少袍哥的生源，因此在"训练班"第五期的时候，冷开泰被王旭夫重用，当上了"训练班"的设计委员会副主任委员。

"游击干部训练班"在冷开泰的带领下，整天去位于成都东胜街的冷公馆处吃吃喝喝，无恶不作。这帮人中包括：曾任四川省政府保安处处长的刘兆黎，驻峨边的

全川大剿匪

国民党中将司令刘树成，郫县参议长杨子超，绵阳县参议长左舜卿，叛徒、双流县自卫副总队长彭笑山和总教官潘敬德等人。

在中国即将全部解放的很长一段时间里，冷开泰经常得意地坐着他的吉普车，去成都附近的郫县、灌县以及内江、自流井、眉山、新津等地，与那里的反动组织秘商对策，以破坏即将解放成都的局面。

1949 年 10 月，新中国成立以后，冷开泰的反动活动仍然没有停止，他暗地里策划了成都附近各乡镇的一系列暴乱，其中最著名的有由他指派的灌县袍哥袁旭东在青城山附近的聚众事件，严重影响了当地老百姓的正常生活。其后，冷开泰多次给各县土匪、袍哥首领写信，唆使他们团结起来消灭解放军共产党。

1950 年 2 月 17 日，是新中国建立以来的第一个除夕，在这天，由冷开泰组织的四川西南等地的 16 个县同时发动暴乱，使正处在节日喜悦中的老百姓人心惶惶。

暴乱后，在我新中国领导人的精密组织计划下，这次事件终于得到了及时的制止。

同月，中共领导的地下武装组织岷江纵队许健如等人奉命前往成都市郫县毛家桥，将正在此处海吃豪饮的冷开泰抓获逮捕。没过多久，这个横霸一方的袍哥头子冷开泰就被枪毙了。

将计就计识破李驼背

1950 年 10 月，遵照西南军区命令，我军由原来消灭国民党正规军，转为剿匪肃特；由原来打大仗、正规战，转为打小仗、打无形战和没有固定战术的剿匪作战。

处在四川东南位置的乌龙镇，四面崇山峻岭、荆棘遍野，是飞禽走兽经常出没的地方，也是逃匪躲藏的最佳选地。

在这乌龙镇的附近，有一家名为"丹心酒店"的店铺，店主是一个驼背的老头，在两个彪形大汉伙计的帮助下，以专卖肉包子为生。

10 月 21 日黄昏，几名进山剿匪的解放军搜山归来，走出丛林，在班长的带领下，来到了"丹心酒店"。饥饿的战士们同时吃下店老板卖给他们的肉包子后，全部中毒被害。

两天后，又有几名解放军战士来到了这里。和前面的战士一样，这几名解放军也在该酒店神秘失踪。

一系列的解放军神秘失踪案引起了当地政府的密切关注。

这天，又有 100 多名解放军为了追捕一名逃跑的土匪而来到了"丹心酒店"。带队的解放军战士意外地发现了该店店主的异常驼背，便将计就计地逮捕了这个奇怪

全川大剿匪

的店主和他的伙计。

经审讯终于知道，原来，这个李驼子名叫李福儒，是四川达县人，曾担任国民党胡宗南部队中校参谋，解放前曾受胡宗南派遣，协助国民党残部开办了"游击骨干训练班"。随后，又被派往川东南，担任匪首杜大麻子的高级幕僚。

1950 年 8 月，李福儒离开杜大麻子，前往达县回家探亲，却发现当时达县已经土改，自己被逼得无路可走，只好再次回到川东南杜大麻子处。

然而，当他再次返回川东南时，才知道那里的杜大麻子也已经被剿匪部队给活捉了去，为此，李福儒接管了杜大麻子的情报站——"丹心酒店"。李福儒用棉花塞在后背，假装成驼子掩人耳目，他一方面把该店作为反共的联络据点，一方面又暗杀前来此地剿匪的解放军和工作队。他将解放军和工作队人员残忍地杀害后做成人肉包子，混入蒙汗药，再专门等待前往那里做剿匪工作的解放军。

随后，我军战士在该酒店的地窖里找出了几十具血肉模糊的尸骨，战士们在此神秘失踪的案件终于被侦破，假驼背李福儒及其同伙受到了应有的严惩。

活捉匪首贾应坤

1950 年 10 月，川东南李驼子刚被镇压，位于四川北缘青川一带的土匪又猖狂起来。

处在四川北缘的青川，山峦连绵、森林茂密、土地肥沃，在这近 3000 平方公里辽阔的土地上，长期以来，那些恶霸地主、袍哥大爷，主宰着人民的生死。

他们收租课税，贩运鸦片，做枪支弹药生意，骑在人民头上，过着荒淫无耻的生活。而广大人民群众，度日艰难，过着衣不蔽体、食不果腹的悲惨日子。

早在我军第一次进军青川县时，当地的土匪头子贾应坤闻讯后提前逃跑，当经过我军 3 个多月的群众工作后，土匪们见到我军大部队陆续撤离便趁机再次作恶。

他们首先在青川中坝一带劫持我方留在当地的工作人员，接着又组织"大刀会"暴乱，残害当地的无辜百姓。

随后，双手沾满人民鲜血的土匪们以为时机已到，企图消灭、赶走我军留守的部队。

6 月 2 日，以贾应坤为首的土匪们威胁当地百姓，命令他们帮助其围攻青川县大石坝。

他们在大石坝的周围山上敲锣击鼓，呐喊号叫为其助威。

全川大剿匪

武装匪徒向我青川县警卫营阵地不断发射排子枪，企图诱我还击。

为使无辜群众免遭重大伤亡，我方部队据壕扼守，待机破敌。

开始，土匪们因为没有引诱到我军的还击，以为是我军软弱。

于是，在下午 3 时，匪首贾应坤派出了他的队长贾国模率部分匪徒直接扑向我方的营地。

当匪徒们接近我方阵地前沿时，我方守军以各种武器向匪徒激烈开火，不多时，就消灭掉了 10 多个土匪。

剩下的匪徒们狼狈地向关庄方向逃走。

驻守我方营地的团首长得知匪徒逃跑的消息后，决定增派出一个连的战士前往关庄对其展开迅速追击。

但这些匪徒们却躲在了大山老林中与我军周旋。

为了迅速消灭这股残匪，8 月下旬，我军留守青川的副司令员李文清率军区工作组召集江油、北川、青川等县的工作人员在江油武都地区召开了　次清匪会议。

会后，李副司令员将消灭贾应坤土匪的任务交给了驻守在青川一带的五五四团。随后，五五四团团长、参谋长于 9 月初，率团直两个连集结于土匪们经常出没的地段，对匪徒们进行反复的围剿。

经过一个多月的努力后，当地大部分土匪都被顺利地消灭掉了，但土匪头子贾应坤却带着他的妻儿和 7 名贴身狗腿子潜藏起来。

直到 1951 年 1 月的一天，我方驻守在关庄地区的工作人员在群众的帮助下，得知贾应坤等人曾在关庄陶龙观山一带出没。

为此，关庄区委书记冯荣同志及时地召集相关人员召开紧急会议，并决定由冯书记率地方工作团队员、民兵等共 32 人，于当月 12 日夜里前往陶龙观山。

我军战士们经过了一夜的行军以后，于第二天凌晨 5 时对陶龙观山头快速发起了捕捉战斗。

几个小时后，在我方战士们的英勇攻击下，贾应坤和他的爪牙们终于被活捉了。

但非常遗憾的是，贾匪的同宗兄弟、得力干将贾国模却趁着混乱逃走了。

1951 年 2 月中旬，青川县领导派出五六四团二连的战士们在大石坝一带维护当地的治安。

3 月中旬的一天下午，五六四团二连的沈连长发现了贾国模在大石坝以南 12 公里处活动，随即便带了两个排的战士前去捕捉。他们追击过去后，该匪却又窜入了大石坝附近的一个洞中。

我二连的战士们在该连指导员的带领下，一面控制住洞口，一面劝洞中的匪徒们投降。谁知洞中的土匪宁愿死在洞里，也不肯缴械。

沈连长命令战士们拉响了手榴弹，纷纷向洞里扔了过去。随着"砰砰砰"的几声巨响，洞里的土匪们归了西天。

当地的老百姓们得知贾家两兄弟均被消灭的消息后，无不拍手称快，说："贾家兄弟死得好啊！真要感谢解放军啊！"

至此，历时一年多的青川县剿匪斗争，终于取得了最后的胜利。

参考资料

《解放大西南》 彭荆风著 云南美术出版社

《解放战争大全景》 豫颖主编 军事谊文出版社

《二野档案》 张军赋主编 中共党史出版社

《中国革命史》 张军赋 晋夫主编 中共党史出版社

《中国人民解放军五大野战部队发展史略》 解放军出
　　版社

《军史集要》 中国人民解放军总参谋部政治部宣传
　　部编

《野战军战事珍闻》 军事科学出版社

《解放战争时期国民党军起义投诚》 解放军出版社

《中国革命起义全录》 解放军出版社

《中国人民解放军军事通史》 李东升主编 军事文献
　　出版社

《中国人民解放军军事文化遗产》 张云主编 上海大
　　学出版社

《文史资料选辑》 中华书局

《革命史资料》 文史资料出版社

《中原解放战争纪实》 刘统著 人民出版社

《中国人民解放军大事记》 军事科学出版社

《刘伯承回忆录》 上海文艺出版社

《邓小平传奇》 袭之倬著 广东人民出版社

《刘伯承传》 当代中国出版社

《成都方志网》 成都市地方志编纂委员会